马文戈 著

谁的红颜 谁的江山

中国言实出版社

图书在版编目（CIP）数据

谁的红颜，谁的江山 / 马文戈著．— 北京：中国言实出版社，2014.12

ISBN 978-7-5171-0771-2

Ⅰ．①谁… Ⅱ．①马… Ⅲ．①历史故事—作品集—中国—当代 Ⅳ．① I247.8

中国版本图书馆 CIP 数据核字（2014）第 268808 号

责任编辑：陈昌财

出版发行 中国言实出版社

地　址：北京市朝阳区北苑路 180 号加利大厦 5 号楼 105 室

邮　编：100101

编辑部：北京市西城区百万庄路甲 16 号五层

邮　编：100037

电　话：64924853（总编室）　64924716（发行部）

网　址：www.zgyscbs.cn

E-mail：zgyscbs@263.com

经　销 新华书店

印　刷 北京市玖仁伟业印刷有限公司

版　次 2015 年 6 月第 1 版　2015 年 6 月第 1 次印刷

规　格 880 毫米 ×1230 毫米　1/32　8.5 印张

字　数 154 千字

定　价 30.00 元　ISBN 978-7-5171-0771-2

序

北方有佳人，绝世而独立。

一顾倾人城，再顾倾人国。

宁不知倾城与倾国？

佳人难再得！

这是汉代李延年的一首《佳人歌》，正是这一阕短短的诗歌，却名动京师，让雄才大略的武帝闻之而动心，立时生出一见伊人的向往之情。

接下来，李延年的妹妹，就因此成为了汉武帝最宠爱的一个妃，她就是妙丽善舞的李夫人。

佳人有多美？我们谁也不曾见过，我们只能在自己的想象里描摹着她们的美貌和妩媚。

接下来，我们要讲述的故事里的几个主角，依然是美丽迷人的佳人。

妹喜、妲己、褒姒、骊姬，古远历史上四位著名的宠妃。

她们，是红颜，还是祸水？她们的美，是倾城，还是倾国？

她们遥远得仿佛不能再遥远，她们的故事，也因此留给了我们太多神秘莫测的传奇。

一直以来，我们习惯上叫她们四大妖姬。

她们，生而美丽，却又因为自己的美丽，身不由己。她们的传奇，是真正的历史，还是某种虚构？

一半是江山，一半是美人。她们的到来，让宠爱着她们的君王朝政荒疏。美丽，是一种诱惑，还是一种错误？

她们，或者有着神秘莫测的出身，或者有着某种不为人知的使命和心机。但最终，却和宠爱着她们的君王的江山一起灰飞烟灭。

千百年来，留下来的，除了她们的美丽，还有关于她们匪夷所思的传说，以及，由此而生的罪过和骂名。

夏桀，商纣，周幽王，晋献公，没有一个不是雄心勃勃的君主，却又因为这些美丽女子的陪伴，儿女情长，英雄气短，从中兴走到了末路。

他们，拥有着至高无上的权力，也因此拥有和占据着她们的美丽。她们，因为自己旷世的美丽，肆无忌惮，为所欲为。

也许，他们是真心爱着她们的，在她们面前，至高无上的权力荡然无存。也许，她们在他们的宠爱里，得到过些许快乐和满足。

不知道，这样的一种爱，是不是人世间的某种爱情。我们现在只是知道，正是这样的一种爱意，最终让他们失去了赖以寄身的家园和江山。

不知道，她们是否真正感受到了某种幸运或者幸福，我们只是知道，她们因此背负了太多的指责和骂名。

自古美人与名将，不许人间见白头。美，是一种善，还是一种恶?

她们，仿佛一个个尤物，既美丽，又荒诞。

“不可畏也? 伊可怀也！”这是《卫风·东山》里的句子。她们，既可爱，又可恨。

她们，是佳人，还是妖姬?

所有关于他们和她们的故事或者传说，是真正的历史，还是某种虚构?

目录

妺喜：红颜还是祸水？

1. 高傲的“太阳”

桀，是夏代的第十七位国君，也是这个古老朝代的末代帝王。在许多人的记忆里，这名字还有一个代名词：暴君。

夏桀，其实叫癸、履癸，桀是他死后商汤给他的谥号。夏桀以暴君闻名，桀，就是凶猛、暴虐的意思。

这个谥号似乎名副其实。

其实，据正史记载，作为一代君主，夏桀文才出众，武艺超群；赤手空拳可以格杀虎豹，能把铁钩象拉面条一样随意弯曲拉直。

如此文韬武略的男人，应该有能力成为一个英明的君王。遗憾的是，夏桀把所有的聪明才智都用在暴虐、享乐和瞎折腾上了，并因此葬送了夏朝几百年的江山。

与生俱来的禀赋，让这位高傲的君主非常自信，他曾说：

天之有日，犹吾之有民，日有亡哉？日亡吾亦亡矣！

我拥有天下，就像天上有太阳一样，太阳有灭亡的时候吗？我的统治也将像天上的太阳一样永放光芒。

他的理论是：太阳会灭吗？不会。所以我也不会死，千秋万载，一统江湖。

可是，在他自比为太阳的同时，还流传着另外一种声音：

时日曷丧！予及汝皆亡。

这是当时他统治下的老百姓的心声：什么时候你这个太阳灭亡啊，我们愿意与你同亡！

百姓被压迫得没了活路，就不再惜命，恨不得有一天，跟夏桀同归于尽。

实事求是地说，他在位时间长达50多年，堪称在位时间最长的君主之一，甚至比很多朝代存在的时间都长。但龙椅坐久了，也许大脑就麻木了，得意之余，他就和东方不败一样，以为他的统治可以千秋万世，与星辰共存，与日月同辉。

也许，他觉得哪天太阳不从东方升起，月亮改在白天露面的时候，他的统治才有可能灭亡。他不知道，他的臣民已经到了不惜与他同归于尽的地步。

后来，夏桀被成汤流放到南巢（古代地名）的时候，不无后悔地对别人说，曾经有一个人站在我面前，我没有杀他，等我错失的时候，我才后悔莫及。

或许，尘世最痛苦的事莫过于此。可惜，晚了。他的原话是：

吾悔不遂杀汤于夏台，使至此。

无论你有多么的自信，但事已至此，即使当年杀了商汤，还能够挽救夏王朝覆亡的命运吗？

历史上明君各有不同作为，而暴君总是相似的。

改变他的命运的，不仅仅是放走了一个人，还因为得到了一个人。

她是一个千年不遇的美丽女人。

从此，她的命运，他的江山，几乎所有一切的一切，都因此随之发生了改变。

她叫妺喜，后来的我们称她为“四大妖姬”之一。

2. 喜是谁？

在妺喜的心中，那个世界很美，男耕女织，民风淳朴，世代繁衍，流传不息。这里，就是妺喜的家乡——有施部落。

她知道，有一天，她也会成为这些女人中的一个，和一个人，组一个家，有一个可爱的孩子，然后日出而作，日入而息。可是，她有时又在想，她的人生一定会和别人不一样。

就像现在，有施族一年一度的祭祀大典，虽然不情愿，妺喜还是要认真地去准备，还是要去精心细致地装扮着自己。

眼前的木榻上，整齐地摆放着母亲为她选的罗裙，大朵素淡的花纹，炫耀着某种灿烂。穿惯了粗布衣的她，很不喜欢这样的罗裙，可是现在却不得不把它穿上身。从小就知道，作为部落酋长的女儿，她有很多事身不由己。

迈着女孩子应该迈的莲步，她一步一步走向神殿，父王、母亲和她的兄弟姐妹们，早已虔诚地侍在殿内。大家的表情庄严而肃穆，满怀崇敬之情向天神们祭拜，祈求来年风调雨顺，赐予有施部安宁和幸福。

祭拜完毕，妹喜褪去繁复的罗裙，换上男装，大摇大摆地在部落里闲荡。除了恪守一个公主的身份，有施族民们还知道，族长有一个爱穿男装的女儿。很多时候，她都会身着男装，在田野里穿梭，和耕种的人们问好，然后穿过小石桥，和浣纱的姑娘们谈笑，或者，在小竹林里和猎户们打招呼，因为，她特佩服他们的勇敢，虽然他们总是说，女孩子还是远离一些的好。

一天，她一个人在初夏的竹林里穿行着，手里拿着浣纱姐姐送的小野花。时间仿佛过得很快，天边晚霞的红光里，归巢的鸟儿们飞来飞去，站在山岗上，可以看到农夫们在荷锄田归。天色向晚，她该回去了。

傍晚的竹林很安静。有小动物窸窸窣窣的声音。村寨环绕着小山包，宁静美好。越过小溪，浣纱姑娘早已回去，有一匹小马驹在溪边饮水。夕阳洒下来，在它身上镀了一层金边。她欣喜地跑过去，轻轻地走近，抚摸它柔软的骢毛。她想爬上它的背，虽然父王从不让她骑马，他说那样很危险。

这时，从小竹林里窜出来一位少年，衣着不甚华丽但干净得体。他跑过来牵过小马驹，安抚似的拍拍它的背，有些不高兴地质问她是谁。

“我是妹喜，有施部酋长的儿子。”喜欢女扮男装的她，才不要告诉陌生人自己是女孩儿呢！

他仔细地打量着她，过了会儿他笑了笑，温和地说：“喜欢它吗？”

“嗯！它真漂亮！”

“是呀！你会骑马吗？”

“不会，不过，你可以教我啊！”

他欣然答应，扶着她爬上了马背。他牵着小马驹走在前面，他们很快乐，也聊了很多。

他说，他叫伊尹。

那一年，妹喜九岁。

妹喜开始迷恋那个美丽的小树林，每隔一些日子，她就会忍不住来到这里，几乎每一次，她都会遇到那个放马的少年。

那些相遇的日子，每一个日子都是开心的。一个朴野率性的美丽女孩，一个温婉如水的腼腆男孩，他们一起坐在山坡上，看近处的萋萋碧草，看远方的天高云淡，忘记了时光的流逝，也几乎忘记了回家的路程。

可是，美丽时光依然无情逝去，忽然有一天开始，那个少年再也不见了。

从此，妹喜再也没见过那个骑马的少年，她几乎要忘了他的名字。

那些日子，仿佛无忧无虑，却没理由地有些让人留恋，更有些让人怀念。

有许多次，她痴痴地想，他真的不会回来了么？

无论这一段传说是否是真实的历史，熟悉并喜欢这一段历史的人还会知道，后来，那个叫伊尹的少年和妺喜又相遇了。

当然，这是后话。无论如何，接下来的那些日子，除了有些落落寡欢，妺喜的人生也许真的要这样无声无息地过下去了，不再有任何惹人心动的波澜。

就这样，妺喜长大了，变得艳如桃李，貌若天仙，更为难得的是，妺喜是有施氏国国君的女儿，享有任何民间女子难以获得的一流教育资源，自小便有有施氏国最好的老师教导，熟知当时各处的风土人情，精通天文地理，通晓阴阳术数，还有一身好武功。一柄短剑在手，横扫千军如卷席，尤其是擅长射箭，是个百发百中的神箭手。

据说，因为有施氏国和商国是世代友好的邻邦，两国交往频繁、关系密切，因而妺喜后来被许配给了同她年龄基本相当、各个方面才能也十分出众的商国王子汤由，也就是后来的成汤。

那时分，男女交往没有什么太多的规矩条框，妺喜和汤由又都是身份高贵，具有极大行动自由的皇家贵胄，因而两人来往十分密切，不时地一同进山猎兽下海打鱼，彼此之间建立了深厚的情谊。

眼见得妹喜、汤由他们二人相亲相爱、出双入对、形影不离，有施氏国和商国得最高领导人都十分满意，十分快慰。双方几次会晤商谈后，决定再过一两年，就把妹喜和汤由的婚事给办了。

然而，天有不测风云，人有旦夕祸福。就在这时候，一件突然发生的事情，彻底毁掉了他们的婚事。如果此言不虚，我们也就不难理解，为什么这位美丽善良的公主进了夏宫之后会有那么多匪夷所思的举动。也许，当她义无反顾地来到一个陌生的国度，所有的举动，都只不过是一种报复。

而且，商汤后来一心一意下决心灭掉夏桀，也许正与此有关。

一场战争呼啸而来。那一年，妹喜十五岁。

3. 抱得美人归

战争的发动者，是当时的天下共主，夏王桀。

当桀的父辈发在位的时候，很多诸侯已经不来朝贺了。不来朝贺的意思很明显，就是看不起你。夏王室内政不修，外患不断，日子一天比一天难过。

在秦帝国之前，中国中央王朝要维护自身统治，必须要得到众多诸侯国的支持，否则国家必定衰亡。到了夏桀这代，他却依然不思进取，日益骄奢淫逸，做出了很多比他父辈还蠢的举动。所以历史告诉我们，夏桀走向灭亡已经不可避免。

当然，这还是后话，自诩为“太阳”的桀依然牛气哄哄，依然贪得无厌，横征暴敛，索要的东西越来越多，一时天下怨声载道。

在这种情况下，有施氏带头不朝不贡。这样一来，桀当然会不高兴了。

为了稳住自己的江山、遏制四方造反的苗头，桀于是决定以武力征服有施氏，杀鸡给猴看，他纠集其他方国带领数万大军开始了东征。

有施氏占据天时地利，物产丰富、农业发达，在众多的方国之中应该是比较有实力的，不然，他们也不敢公开跟夏王朝叫板。但在夏王朝和其他方国的攻击下，浴血抵抗了几个月之后，也不得不放弃抵抗，准备投降了。

但暴虐的桀绝不会善罢甘休，说，不行。

于是，夏桀大兵压境，有施氏有些慌了。

难道就这么束手就擒，坐以待毙？

于是，情急之下，有人想到了美人计。

听说夏桀是一个不折不扣的大色鬼，那么，我们就把全部落最漂亮的女人送给她。

全部落最漂亮的女人是谁？妹喜！

他们决定把妹喜送给姒履癸，换取全部落的身家性命。

夏桀在与有施一族的和谈中，见过妹喜一舞，惊为天人，答应只要妹喜肯入王都，有施氏可免灭族之祸。

历史无数次证明，美人计往往是天底下最简单而又最管用的计谋。

可是，作为部落酋长的女儿，倔强美丽的妹喜愿意吗？年迈的首领，沧桑满脸，一副愁容。他还有些犹豫。

“带我去见夏王履癸，只要能拯救我们有施国！”

众人皆惊愕抬头，妹喜不知其何时出现在首领面前。

美女一出，谁与争锋，任你帝王将相豪杰才子，都将乖乖败倒在我的石榴裙下面。果然，夏桀一见到妹喜，高兴得什么都忘了。他立即宣布班师，带着他的战利品回朝了。

桀终于抱得美人归。

在夏代几百年的历史里，不知道这是不是一个节点，我们只是知道，夏桀的生活从此发生了极大的改变。

妹喜乘坐的车队和夏桀的大军一路同行。

不知过了多久，不知颠簸了多远的路程。妹喜掀起车帘，入眼的是一副荒凉的场景：稀疏的杂草，龟裂的黄土地，这还是自己熟悉的有施部吗？

又过了很久，马车终于停了下来。

这是她见过最繁华的地方。川流不息的街道，熙熙攘攘的人们，一个完全和以前不一样的世界，喧嚣而且迷茫。

马车沿着城中最宽广的大道一路飞驰着，然后驶进一座金碧辉煌的宫门，侍女说，这就是夏的王宫。

在有施部，族人住的房屋都差不多，就算父王是酋长，他们家也并非特别奢华。这样庞大的宫殿她还是第一次看到。望不到尽头的石板街，曲径通幽的环廊，飞龙走凤，高琢檐牙。五步一楼，十步一阁。自洛水引水而入，自成溪泉，长桥横波，各抱山石。

这就是她未来的家吗？接下来，将会发生什么？

妹喜被人引着走上了高高的白玉台阶，一步一步走进那座庄严神秘的宫殿。踏着镶金的地毯，她低垂着头，一步一步靠近，这条路是那么的漫长。她的脑海里百转千回，想到她的父王和母亲，她的兄弟姐妹，她的有施部。她知道坐在最高处的那个男人就是夏王履癸，他就在那里，在那么高的地方俯视着她。

他早已卸了甲胄，着一身黑色朝服，站在大红描金的长毯上，肃穆而庄重。

那是一张狂狷中带着俊朗的脸，眉峰如剑，修眉斜飞入鬓，一双炯炯有神的星目，桀骜不驯，邪恶带笑，阳光下他俊美的面容中透出冷傲，耀目摄人。

他就是履癸，传言里最残暴的王。

大殿突然如此安静，他大步靠近妺喜，有些仓促，步伐有些虚浮。他的目光直射入她的眼睛，眼里满是惊艳和欲望。

突地，他大笑地说："好好！有施部果然是个好地方！"

关于妺喜的美，后人留下了下面的文字：

有施妺喜，眉目清兮。

妆霓彩衣，袅娜飞兮。

晶莹雨露，人之怜兮。

艳如桃李，貌若天仙。可是，现在，她只是一个女俘，至多，是夏王桀的一个宠妃。

从此，妺喜不得不离开了那些熟悉而亲切的秀山丽水，没有了国，没有了家，也没有了热恋中的情郎。

4. 妩媚的妖姬

桀对她的宠爱，超出了所有人的想象。

几分妖，几分艳，几分疯狂，几分幽怨。妺喜带来了有施部落山野的风，也带给了桀从未有过的欢乐和享受。履癸在她身上总是有享受不完的乐趣，妹喜已经彻彻底底地勾住了履癸的魂。

从此，她成了敌国国君生活里的主角。从此，美丽的公主变成了妩媚的妖姬。

是他，打破了她曾经宁静的生活，粉碎了她所有关于人生美好生活的向往。终究，她忘不掉所有曾经美好的过往，也忘不了那个教她骑马的人。

她要抓住他，抓住所有的机会。她会让他知道，她为谁而来，为何而来。

夏桀本是一个荒淫暴虐的君主，得到妹喜之后更加地荒淫，常常日夜将妹喜抱在膝上陪他饮酒。因为夏桀的无限宠爱，妹喜开始了她的复仇计划。

第一步，就是嫌弃夏王朝的都城又破又烂。

虽然，夏王朝的都城在哪里到现在为止都是一个争论未休的问题，但既然能够作为夏王朝的都城，作为穷奢极恶的桀的宫殿，它就绝对不可能到又破又烂的地步，至少它会比妹喜的部落要辉煌漂亮得多。

可是眼前的美女不愿意。简直住不了人嘛，妹喜嗔道。

这还不简单，只要你高兴。夏桀握着妹喜的手，深情款款地说道。

于是，桀马上下令征集民夫，为妹喜重新造一座华丽高大的宫殿。

于是，举国上下的能工巧匠几乎全被召进了都城，履癸下了令，建不出我要的宫殿一律处死。这就叫“劳民伤财”，桀在百姓心里的暴君形象日益根深蒂固。

一个个工匠惨死在履癸的酷刑之下，一座金碧辉煌的大殿巍然挺立。远远望去，宫殿耸入云天，浮云游动，好像宫殿要倾倒一样，这座宫殿被称之为倾宫。

履癸牵妹喜的手去看落成完工的倾宫，站在主宫殿外的地面往上看，入云且似成斜态，果真有将要倾倒的感觉。

走入宫室楼台，到处砌满美玉宝石，熠熠夺目，长廊里镶嵌了名贵象牙，洁白通透。履癸把这么多年从大江南北搜刮来的奇珍异宝几乎全捧到这里了。

他带她穿过象牙走廊，一一参观那些金雕玉饰的琼室，所到之处无不富丽堂皇到令人叹为观止。

美人，你要的倾宫。他搂着她，满眼的温柔和讨好。

所有这一切全是按照她的要求逐一打造。她要的是极尽奢华，他乐得倾尽所有。建完这一座倾宫，将有多少尸骨被埋没？与其说这倾宫是金玉雕刻而成，倒更不如说是血肉所筑！

太美了！她眼里流露出他想要看到的崇拜和惊叹。

那晚，自然是倾宫里度过的。那一夜，她极尽冶艳和魅惑，翻云覆雨，善解风情但又野得恰到好处。他，犹如征服的满足，他很狂野，很霸道，很疯狂。

男子的放荡淫邪，女子的娇柔妩媚，两种笑声混着响彻了宫殿王庭。

宫殿建成了，从此，他们就“幸福”地生活在一起，良宵苦短，君王不朝。

夏桀怕妺喜思念家乡，还按照有施国的房屋样式，建造一些民舍与妺喜参观欣赏，以消除妺喜思乡之苦。按着妺喜的要求，派人挨家挨户挑选三千美女到倾宫歌舞，又派人督做三千刺绣舞衣，人民交不出绣衣的，被严刑拷掠，弄得人民叫苦连天，家家怨恨。

可是，桀对此不闻不问，对妺喜的要求百依百顺，置妺喜于膝上，日夜与妺喜及宫女饮酒，夜夜笙歌，无有休时。

不过，天天这样吃喝玩乐久了也会腻烦的，得找点其他娱乐项目才行。

看着妺喜茶饭不思闷闷不乐，才下眉头却上心头，履癸着急了：美人啊美人，怎么才能让你开心呢？

妺喜告诉姒履癸，说她最喜欢听丝绸撕裂的声音，最喜欢听珠玉碰碎的声音。此音只应天上有，人间只有几回闻。听一回精神百倍，听两回不知肉味。

普天之下，莫非王土，咱不差钱。不就是丝绸玉器吗？要多少有多少，要多少摔多少。

他马上命令各地每天进贡一百匹丝绸，让人轮流撕开来给妹喜听；命令各地每天进献一百对美玉，让人轮流摔碎给妹喜听。

这下子，妹喜听得眉开眼笑，不亦乐乎。

她知道每一匹绸缎，每一对玉器，都是夏王朝臣民和奴隶们身上的血和汗。

姒履癸绝对不会因此破产，但是他将失去更多的民心，换来更多的愤怒。

这种愤怒，足以让姒履癸有一天死无葬身之地。

这才是妹喜开心的理由。

妹喜还有一个癖好，就是笑看人们在规模大到可以划船的酒池里饮酒。

酒池很快建好了，然后“邀请”三千名饮酒高手在击鼓声中下池畅饮，他们中的一些人因酒醉而淹死，桀和妹喜则开怀大笑。

在农业时代初期，无论丝绸、玉器，还是酿酒，都还刚刚兴起，破坏这种稀有昂贵的物品，无异于暴殄天物。

一入夏宫，美丽的公主完全变了一个人。

一笑倾人城，再笑倾人国，妹喜，是佳人，还是妖姬？

当妹喜的哭与笑成了姒履癸决定政策的依据时，注定了大夏国的亡国之日就要来临了。

想象得出，当夏桀的大军狂扫有施国的时候，已在幼小的妺喜心中埋下了一颗仇恨的种子，夏桀的残暴、夏桀的狂笑、夏桀的抢掠，无时无刻不在妺喜的心头闪现。在夏桀进攻有施国之前，天天都是春暖花开的日子，她是天下最美丽的公主，是父母的掌上明珠，要星星不给月亮的。她成天幻想着将来的白马王子怎样的英俊，怎样的英雄，过着无忧无虑的日子。是夏桀，这个杀人的狂魔，用武力打碎了妺喜的梦！

5. 当谏臣遭遇暴君

桀的荒淫，很多人看不下去了，但更多的人，敢怒不敢言。

终于，有人忍不住了。第一个站出来的是太史令终古。

为了进谏，太史令终古多次求见，就是见不到桀的影子。多次祈求，桀终于忙里偷闲，答应了。君臣相见，终古居然声泪俱下，说不忍心看着夏王朝在履癸手上就这么沦落下去。

玩兴正酣的履癸很不耐烦，斥他多管闲事。挨了一顿臭骂的终古终于心灰意冷，临阵退却，当了逃兵，悄悄离开了夏都。据说他后来去了亳地的商部落，投靠了成汤。

为避免打扰，在妺喜的提议下，桀又要大兴土木，建造一座更加辉煌的瑶台作为他们风流快活的行宫。

一时之间，为筹建行宫瑶台，夏王横征暴敛，不顾百姓的死活，普天之下民不聊生。世人都恨履癸，私下里议论说他是个残暴的君主。

逆耳的话终会传进履癸的耳朵里，说得这么难听，他的火爆脾气上来，凡是背后说他坏话的，抓起来一律与其亲友乡邻连坐处死。每天都有那么多被捕入狱的犯人，妺喜冷眼旁观他们一一被履癸处以极刑，她知道，在夏桀残忍的杀戮里，他早已失了天下。

履癸最大的长处，就是她要他建什么，他都能超过预期地完成，他建的不是完美，是已经超越了完美。

一座气势恢宏的瑶台终于呈现于妺喜眼前，她笑了，她的笑，让履癸看得心花怒放。

每日里，他拥着她泛舟洛水，远远地就望见云雾飘渺里的琼楼玉宇，恍如仙山楼阁，美轮美奂。

下舟临岸，履癸和妺喜携手同入瑶台，酒宴上笙歌达旦，歌舞姬献艺助兴，履癸和她开怀畅饮，放纵而尽兴。

眼波流转里，妺喜看到他微醺的眼惊艳而迷离。正要将她抱在膝上亲热，又一个不识时务的谏臣闯进来了。

“大王，你看看你的国家吧！”大臣关龙逄咆哮着冲进倾宫，“现在满目疮痍如同人间炼狱啊！”

被他这么一搅，桀立马火了："你好大的胆子！谁准你进来了！"

关龙逢顾不得多作解释，跪倒在履癸面前，"求大王善待百姓吧…… 大王不能再这样下去了！"

履癸恶狠狠地斥责他："你马上给孤滚出去！否则……孤要你死得很难看！"

"大王你醒醒吧……"关龙逢爬起来扯着他的衣摆痛心疾首，"不要一错再错了……"

"滚开！"履癸厌恶地狠踹他的手，"今天是你找死，休要怪孤无情！"

关龙逢暂时退下了。

历史早就告诉我们，暴君的行径大都是相似的，夏桀所有的为所欲为，注定了不会有一个好的下场。而且，历史还告诉我们，没有好下场的还应该有：忠臣。尤其，当在某一个时代，当他和暴君直面遭遇的时候。有下面这一首诗为证：

死谏开先第一人，千秋从此解批鳞，
空言盛世能旌善，坯土何曾表直臣。

这是民国诗人初元方写的《关龙逢墓》，这首诗是纪念关龙逢的。不管历史以后有多少犯颜直谏的忠臣，大多数都是模仿这个人的。

为什么？

因为他是中国历史上第一个敢和皇帝挑衅的人，基本上就是奔着死来的。

这就是忠臣的秉性，也正是他们的命运。

据说关龙逄死的版本有两个，我们先说第一个版本，也是比较正史的那个版本。

对于夏桀的暴行，贤臣关龙逄实在看不下去。他好几次向夏桀进谏，要他关心百姓与国家，但夏桀根本不理他。忠臣基本上都是一根筋的，所以经过长期思考之后，关龙逄决定再次以献黄图进谏。

所谓黄图就是一种地图，关龙逄想借这张地图说明国家形势很危急，将来的后果会很严重。

可是，他显然把夏桀的智商看得太高了。

夏桀用眼角瞥了一下关龙逄，挥了挥手叫他下去，说，这张东西等自己有空的时候会看一下的。当然，也许只有傻蛋相信他会看，关龙逄虽然天真，他也一定明白，夏桀在糊弄他。

实际上，夏桀早就对这个絮絮叨叨像唐僧一样，天天净说难听话的关龙逄厌恶极了。

这时候，关龙逄做了一件事，这件事情告诉我们，自杀是如何的决绝，又是多么的绚丽。

他做的事情就是，站着，不回家。

夏桀看着他的样子，问道："你还有什么惑众的妖言要说？"言下之意，他的容忍已经到极限了，这句话也说明了夏桀还是很够意思的，没有马上把关龙逄给砍了。

死意已决的关龙逄没有回答，也没有离去，据说他还对着夏桀怒目而视！

反了反了，我不砍你我以后还怎么混！

夏桀二话不说就把黄图给烧毁了，接着喊来士兵把关龙逄囚禁起来，不久就杀了。

关龙逄因忠谏被杀，在夏王朝内外引起很大不满。从此，很多人都不敢直言进谏，只想远远离去。

而另一个版本，是这样的：

夏桀叫关龙逄陪他在瑶台观看炮烙之刑。炮烙之刑就是把一个活人绑在一根金属柱子上，然后下面烧火，把这人活活给烫死。据说，死的时候还有股烧烤的味道。然后，他们就进行了下面这段对话。

桀说："观看这种刑罚快乐吗？"

关说："快乐！"

桀说："你看这么恐怖的刑法还觉得快乐？你太残酷了，你为什么不难过？"

关说："天下的人觉得最痛苦的事情是陛下觉得最快乐的，

我是你的臣子，你快乐就是我快乐！”

桀说：“你的意思我很霸道咯？这样吧，我现在给你个机会说我哪里做得不好，说得对我就改正，说得不对我就把你给炮烙了！”

其实这是个绝对亏本的买卖，如果我是关龙逄的话，我一定想，你改正我也不涨薪水，不改正还要把我去做烧烤，当我傻子啊！

关龙逄却说：“我看到你的头上挂着块石头，脚下面踩着很薄的冰层。头顶石头被很多其他石头压着，脚下的薄冰在不断下陷。”

这句话说得很玄妙，关龙逄一定是估计夏桀的智力水平还达不到听懂这句话的能力，所以才这么说。

谁会想到，夏桀突然智慧大爆发，听懂了！

“你的意思是国家要灭亡了，老子也要完蛋了是不是？你只知道老子要完蛋，却不知道你现在就得给老子去死！”

关龙逄立刻被五花大绑，上了炮烙。

一股烧烤的味道迅速弥漫开来，国家失去了一位忠臣，这也意味着，夏离死不远了。

无论关龙逄是怎么死的，一意孤行的暴君，绝不会明白一位谏臣的重要，也绝不会容忍他的继续存在。

他的死，让远处一个叫汤的男子下了决心，决心灭了夏朝。

6. 失宠

关龙逢犯颜进谏，夏桀一怒之下把他除掉了。同时，一个叫赵梁的小人，一心投桀所好，教他如何享乐，如何勒索、残杀百姓，得到了桀的宠信和重用。

从此，桀更加肆无忌惮。后来，又命人造了一个大池，称为“夜宫”，他带着一大群男女杂处在池内，一连数月不上朝。

宠妃在怀，美女在侧，桀玩兴正酣，全然不知江山社稷已经岌岌可危，民心尽失，诸侯反叛，大厦将倾。

夏桀几乎倾一国之力，来讨好着身边的美女。在夏桀的宠幸里，妺喜用心享用着，也正在用心实施着自己的计划。

可惜好景不长。

男人通常都是喜新厌旧的动物，更何况最有资格最有本钱喜新厌旧的君王呢？再漂亮的美女日看夜睡，总会审美疲劳的。

几年以后，夏桀在有仍大会诸侯，显摆自己的威风。慑于夏王朝的武力，许多诸侯国不得不前去赴会。有缗是夏王朝东部的附属国，看不过眼参加了一半就中途离场了。

试想一下，如果你在开会的时候，招呼都不打就离开了，领导会怎么对待你？修养差点的可能当场就发飙了，修养好点的肯定会不断给你穿小鞋。

芝麻小官尚且如此，更何况残暴成性的桀。

桀大为恼火，这不是故意削我面子嘛。他马上又出兵征讨有缗。有缗只是一个小国，三两下就被搞定了。

和几年前讨伐有施氏一样，这次夏桀又得到了美女这种战利品。

而且这回不是一个，是一双。这两个美女不仅长得漂亮，身材还特别好。皮肤更是犹如无瑕的美玉一般，所以一个叫琬，另一个叫琰。无论妩媚和风情，丝毫不比妹喜逊色。

从来只有新人笑，有谁知道旧人哭。新人在抱，妹喜马上就沦落成了旧人，被夏桀抛到九宵云外去了。

现在，别说撕绸缎，不给你穿粗布衣就不错了。

旧人妹喜着急了。她着急的不是失宠，而是报复计划可能落空。她苦心经营几年，眼看就要付诸东流。

男人靠得住，母猪都会上树。在美女面前，这句话还是有一定杀伤力的。再赢回桀的心，也许已经不可能，只能另寻他路。

妹喜将王牌押在了一个人身上。

她相信，这个人一定不会让她失望。

这个人就是伊尹，那个在小树林里教她骑马的人。

这个伊尹非但没有让妺喜失望，也没有让天下失望。

让我们再次回到开篇的那个感叹：曾经有一个人站在我面前，我没有杀他……

当年夏桀的这个感叹，在伊尹身上也同样适用。

当然，这依然是后话。

治大国如烹小鲜。这是老子的话，意思是治理国家就如烹调锅中美味的鲜鱼，不能过头，也不能不到位。更重要的是他的言外之意：不能瞎折腾。

可是，夏桀折腾得还少吗？

也许，夏桀生而不幸，偏偏比老子早到了许多年，没有看到这一句教训，否则，夏桀的命运也许会重新改写。

或许，也未必，暴君就是暴君，怪不得任何人。

而且，伊尹就曾经告诉过他类似的话，可是，桀根本没有把他放在眼里。因为，伊尹，只是一位厨子。

“大贤唯有伊尹”。这是《论语》里的话。

“伊尹圣之任者也”。这是《孟子》里的话，意思是伊尹达到圣人的境界表现在于他胜任工作上。

大贤，圣者，评价几乎无以复加。然而，伊尹的出身仅仅是一位厨子，后来又做了商汤的相。

世上的厨子千千万万，重要的是，伊尹悟透了烹调美味佳肴的道理，并努力把它用之于治国实践。

可惜的是，当这个人来到了夏桀面前，并忠心耿耿地多次劝说他，要亲贤臣，远小人，却险些被不耐烦的桀杀掉。如果伊尹真的被姒履癸干掉了，那么，也许后来的商汤就没有那么容易灭掉夏王朝了，历史可能又将从此改变。

这是夏桀的愚蠢，也正是伊尹的幸运。

商汤的成功，是因为遇到了伊尹，伊尹的成功，是因为遇到了商汤。

这不是一个问题，而是一个问题的两个方面。所谓成人才能成己，成功，除了个人的努力，从来都不可能是简简单单的事。

治大国若烹小鲜。这样一句意味深长的话，如果不是老子的智慧，就是他一定从夏桀的覆亡里看到的教训。

7. 家在伊水

夏、商、周，是一个盛产神话和传说的时代，伊尹也并没有例外。

在伊水之畔，“有莘之野”，有一个美丽善良的采桑女。在她十月怀胎的一天夜里，梦到神仙告诉他：

臼出水而东走，毋顾。

意思是：当你看到家中的石臼内有水的时候，要赶紧向东方跑，不要回头，也不要告诉其他人。

第二天，她果然发现臼内水如泉涌。这下她慌了，在神仙的劝告和自己的良心斗争下，她选择了通知邻居们，和他们一起向东狂奔二十里。

跑得没力气了，他们回头一看，那里的村落成为一片汪洋大海。

估计这位神人本意并不是想救她的,更不会想救她的邻居，而是想救她肚子里的孩子——也就是伊尹，因此，看到她泄露天机，一生气就把她变成了一棵空心的桑树。

关于这一段，古籍有记载：

其母居伊水之上，孕，梦神告之曰，臼出水而东走，毋顾，明日，视臼出水，告其邻，东走十里，而顾其邑尽为水，身因化为空桑。

事情就这么过去了,也不知道过了多久,又一个养蚕的姑娘，来到这棵空桑树前，然后看见了她一辈子都没见过的画面。

里面有个婴儿!

她把孩子抱了回去，献给了当时有莘国的国王，然后这个国王就把孩子送给了家里的厨师代为抚养。

就这样,这个婴儿被厨师收养了,取了个依水而生的的名字，叫做伊。

圣贤自古都是出身不凡，而且出手不凡，伊尹还没有出世，就救了一大帮人的命，造了几千级浮屠。

这位天生的救世主，从小就聪明绝顶，勤奋好学，在很多领域都是领头羊和祖师爷。

首先，他是教师的祖师爷。《墨子·尚贤》记载：“伊尹为有莘氏女师仆。”也就是说，他是有莘氏子弟的家庭教师，教的估计也不仅仅是简单的识文解字，而是尧舜之道。

其次，他是厨师的鼻祖。

第三，他还是中医的开山老祖。现在我们经常喝的中药汤液相传就是他的首创。

不过，他不是一般的教师、厨师和医生这么简单。伊尹的过人之处，是他以菜为喻，以药为喻，琢磨出了一套治国兴邦之道。

伊尹是天生的良相，良相必须找到贤君才有用武之地。

伊尹的目光落到商部落的首领成汤的身上。

8. 当贤人发现明君

可是，毕竟，伊尹只是一个厨子。

如何接近成汤呢？伊尹似乎很着急。

不久，机会来了。

这个时候，恰好有莘氏之女下嫁成汤，于是他找到有莘氏，希望可以作为嫁妆一起去商部落。

有莘氏竟然答应了。

这可是全天下最值钱的嫁妆了。

可是成汤一开始并没有意识到伊尹的价值。如何把自己推销出去呢？

伊尹有办法。

姜太公曾经用一根直直的铁针，在渭河上钓鱼，有好心人劝他别浪费时间，他说："我不是在钓鱼，我是在钓王侯呢。"最后，他果然用这种方式钓到了周文王。

伊尹为了引起成汤的注意，煮饭时一会太咸，一会太淡，一会太甜，一会太苦，成汤吃了几顿，心里来气，以为他的厨房里还有南郭先生滥竽充数。他决定看看这个厨师，如果是走后门进来的就立马让他滚蛋。

一个机会来了。

一次，伊尹借汤询问饭菜的事，说："做菜既不能太咸，也不能太淡，要调好佐料才行；治国如同做菜，既不能操之过急，也不能松弛懈怠，只有恰到好处，才能把事情办好。"

商汤听了，很受启发，顿觉相见恨晚，当即命伊尹为相。

关于这场教诲，《吕氏春秋·本味》留下了这样的记载：

明日设朝而见之，说汤以至味。汤曰："可对而为乎？"对曰："君之国小，不足以具之，为天子然后可具。"

大意应该是：第二天上朝君臣相见，伊尹与汤说起天下最好的味道。汤说："可以按照方法来制作吗？"伊尹回答说："君的国家小，不可能都具备；如果得到天下当了天子就可以了。"

可以想见，商汤听了伊尹这番话，一定是心花怒放，跃跃欲试。

在商汤和伊尹的经营下，商汤的力量开始壮大。

不过这时候的成汤还是夏王朝的臣民，本着为国家输送人才的良好意愿，成汤把这位难得的良相推荐给了履癸。即使以后伊尹和汤萌生了灭夏桀的念头，也是他自己不争气，给了别人一个可乘之机。

成汤并不明白，姒履癸根本不需要伊尹。

暴君永远都是远贤臣，亲小人。因此，小人往往得志，而忠臣往往会因言获罪甚至不得善终。

姒履癸身边并不缺贤臣，而是缺女人，缺小人。

伊尹这样的贤臣对他来说，就像一根拐杖，非但没用，而且还会碍手碍脚。

就像开头说的，伊尹到了夏王朝，他向姒履癸进谏了几句，差点被姒履癸杀掉。如果他真的被干掉了，那么历史就有可能改变。

其实，伊尹心里亮堂着呢，知道姒履癸已经无药可救了，所以他进谏的时候，肯定是温柔地像说情话似的，隔着几层棉袄挠痒痒，说的全是不痛不痒的话，要不然凭姒履癸的性格，怎么可能放过伊尹。

9. 第一个女间谍？

就这样，伊尹来到了夏宫。

就这样，妺喜和伊尹再次不期而遇了。

即使妺喜是为复仇而来，多年的耳鬓厮磨，她对夏桀应该是有一定感情的，对于一个这么对自己好的男人，妹喜无法抵抗，因为，她首先是个女人。

可是，此际，我们已经知道，她失宠了。

她依然貌若天仙，妩媚可人。

伊尹风流倜傥，善于察言观色，而且是有备而来，他一眼就看到了妹喜眼里的寂寞和哀怨。

有人说，她是历史上第一个女间谍。

如果此说成立，也是被伊尹利用了。这个来到她身边的男人，一袭白衣，风度翩翩。是伊尹，让她重又找回了一丝丝温暖。

也许，妹喜和伊尹再次一见钟情，彼此有意，你情我愿，温暖如初。

如果不是一种假设和虚构，世间事又有谁能真正说得明白。

一个商朝的宰相，一个夏朝的失宠王后，他们之间会有多少不为人知的事?

我们只是知道，至此以后，妹喜还带着伊尹，一起参观了夏桀宫殿里的酒池肉林。然后，他们一起又来到了乡下，看到了嗷嗷待哺的老百姓。

伊尹很震惊，也很悲哀，很兴奋。

通过妹喜，伊尹得到了很多情报。这些情报又源源不断地传到了商部落。

某一天，伊尹依依惜别了妹喜，重新回到了汤的身边。

多行不义必自毙。他知道，夏桀的气数已到。

但是伊尹却说，时机尚未成熟，他要寻找一个最佳的火候收场。

他们当然明白，虽然夏桀凶残无良，但是他毕竟是大禹的后代，这是天下所有百姓都知道的，名正言顺。而且他在诸侯中还是很有威信的，夏朝四百年基业，不是那么容易就可以撼动的。

我们只有区区七十里的封地，地狭人稀，我们和他目前还不是一个等级的对手。伊尹提醒道。

他明白了伊尹的意思。想要消灭夏桀，一个诸侯起义实力远远不够。

万事俱备，只欠东风。那个时候成汤笑了，他明白，机会就在不太远的地方等着他。

10. 放虎归山

此刻，有一种危险在一步步向他桀逼近。

夏桀虽然是个蠢货，但是赵梁不蠢。他观察了天下局势之后，发现了一个人的威胁。

这个人就是成汤。

成汤的商族部落越来越强大，又在老窝曹县的北边修筑军事大城，形成地方割据。这让赵梁非常惶惧不安，他知道，如果天下易主的话，那成汤是容不得他的。

所以，他把成汤意欲篡位的想法告诉了夏桀。夏桀虽然是个笨蛋，但是再笨也知道不能让天下姓了商。所以，他对赵梁说：“你的意思是？”赵梁做了一个杀头的手势。

夏桀摇了摇头，说：“成汤在我夏朝为方伯（一方诸侯的老大），有权力征讨邻近的诸侯，你看，葛伯与他挑衅就直接被他拍掉了。”

由于成汤兵力雄厚，夏桀也是有三分忌惮的。

赵梁揣摩出了夏桀的心思，又献计道：“不如这样，把他召入斟鄩，然后把他软禁于夏台。这样，他的兵再多，也不可能造反，因为他们的主子还在我们手里。”

夏桀听了很高兴，立刻下令召成汤入斟鄩。

另一边，成汤知道这个消息之后，心情很复杂。他很明白这次去那边，定然凶多吉少。

如果现在造反，时机尚未成熟，我死不要紧，可怜天下老百姓又要被夏桀欺压，不知什么时候才能出头了。

成汤陷入了沉思，这个决定将决定这场较量的胜负。如果不去，夏桀必定起兵灭商，这点实力夏桀还是有的。但是如果去了，万一被杀，自己的一切计划就没了。

不，我还有军队，我还有两个儿子外丙和仲壬，伊尹会辅佐他们的。就算我被夏桀杀了，还可以拖延时间，让伊尹先收拾了夏朝的属国羽翼，那时候，胜利就指日可待了。我不可以在乎自己一条命而耽误了天下百姓。

所以成汤决定，慷慨赴死。尽管当时伊尹和仲虺表示反对，但汤很坚决地拒绝了。

成汤起程之后，他跋涉三百公里以后来到巩义，被夏桀直接逮捕，囚禁在夏台（又称钧台，今河南禹州，是夏王朝监狱）那里，用桎梏（中国古代的一种刑具，在手上的戴的为梏，在脚上戴的为桎。类似于近世的手铐脚镣）夹住。

伊尹听到这个消息，非常高兴。因为他知道，夏桀之所以不敢杀了成汤，说到底，还是忌惮成汤的军队。

当务之急，是把大王从夏桀手中夺过来。

成汤也不着急，他知道姒履癸好财又好色，他决定就从这里下手。

他叫人给姒履癸送钱送美女，以表自己忠心耿耿，日月可鉴。他用这些金银美女告诉姒履癸，大王啊大王，我对你的忠心，有如滔滔江水连绵不绝，又如黄河泛滥一发不可收拾。

姒履癸当然不是那么好忽悠，钱财美女他照收，可是还是不放人。

关键时刻，妹喜枕上他的手臂，柔情款款，开始给桀做工作，成汤又下重本买通了姒履癸的两个宠妃，请她们在姒履癸的耳边吹吹枕边风。

历史证明，枕边风的威力比十三级台风还厉害，姒履癸被吹得迷迷糊糊，于是大手一挥，下令放人。

小小的商部落，弹丸之地，谅他也不能咋地。

可是，他应该明白，这就叫做放虎归山。

高傲的桀，还是信了美女的话，也因此把自己送上了不归路。

11. 蓄势待发

暂不说姒履癸日后如何后悔没有及时杀掉成汤，且说老虎成汤回到了山里，立即开始盘算如何发威了。

成汤知道，他的力量与姒履癸相比，还远远不如。

要打仗，首先要有足够的人口，因此，商汤要做的第一件事就是：摸清家底，普查人口。

看来，当时人口数对一个诸侯国应该相当重要，因为当时中国人口四百万，据说，大大小小的诸侯国就有大约三千个。

夸张一点说，多算一人或少算一人，实力就可能相差很大。

“国之大事，在祀与戎”。从甲骨文留下来的记载里，可以看到，商王经常卜问是否有人口流动和人口迁徙。“不丧众”，即没有人口的流失，在当时被视为没有灾难的幸事，可知对于人口的重视。

一句话，没有人，什么也做不了。

在此基础上，商汤做的第二件事是：鼓励生产，鼓励生育。

当时规定，四十岁还没有儿子的，可以再纳一妾，五十岁还没有儿子的，要领养一个。男人三十，女人二十，还没结婚的，必须结婚，否则罚钱，而且父母还要受刑。

在此严格的人口政策之下，以户为单位推行井田法。八户人家共同耕种划成井字形的九块田地，中间一块是公田，大家轮种，收成属于国家，边上八块分属八家，收成自有。

在此基础上，又建立了稳定的兵役制度，并严格操练。

很快，商汤国力强盛，羽翼渐丰。

他还知道，要打败姒履癸，最有力的武器不是军队，是民心。

他有一次出巡，看见别人在捕鸟，张开四面网，想教鸟儿插翅难飞。他就叫人网开三面，给鸟儿留几条活路，意思是想告诉那些鸟儿：“你们想往东飞就往东飞，想往西跑就往西跑，活得不耐烦了才往网里钻。”

这些话把那些鸟儿感动得稀里糊涂的，把群众也感动得眼泪哗啦啦的。

类似这样的演出使成汤获得了巨大的成功，甚至连很多部落的首领都成了他的超级粉丝。后来的孟子有云：“民之望之，若大旱之望雨也。”意思就是说人民盼望他，就像现在西南旱灾地区的人民盼望大雨一样。

商汤已经做好了准备，像一支锋利的箭，蓄势待发。

可是，在富丽堂皇夏宫里，桀依然在尽情享受着：美人在怀，宠臣在侧，无拘无束，兴高采烈。

12. 小试牛刀

三年了。三年过去了。

一千多个日日夜夜，商汤一直等待着，也隐忍着。

他顶住了巨大的压力，同时还要不停地向夏桀奉送着各种各样的奇珍异宝。

三年，仿佛很短，也很漫长。

商汤感到自己应该干点什么了。

他要验证一下自己的力量，同时看一下夏桀的反应。

公元前 1606 年，商汤出兵灭掉了温国。

自己的战车利剑一样劈开温国的军队，自己的军队像潮水一样淹没了温国的城池。

商汤很轻松，也很得意，同时还有一种很难言的感觉。

商汤灭温，是对夏，对所有诸侯国的试探和示威。可是，他也明白，温国不是夏桀。

一切都很平静，夏桀没有任何反应。

商汤很兴奋，他不由紧紧攥住了自己的拳头，他要一鼓作气，乘胜前进。

可是，伊尹阻止了他。

伊尹很冷静，说，时机未到，今年我们不再向夏进贡，看看他有什么反应。

岁贡的时间到了，夏桀发现只有商汤没有进贡，勃然大怒，召集了九夷的军队，浩浩荡荡向商杀了过来。

伊尹早已从妹喜那里得到了消息，成汤知道事情不妙，赶紧向姒履癸请罪，恢复进贡。

夏桀再一次放过了成汤。

商汤和伊尹明白，九夷诸侯还是夏桀的人，要实现自己的梦想，必须想法清除前进路上的障碍。

下一步的工作重点：瓦解诸侯，策反九夷，各个击破。

又一年过去了

公元前 1064 年，成汤再次停止向姒履癸进贡。

这次，不管桀怎么折腾，都没有诸侯愿意听他的命令了。

时机成熟了。

13. 汤誓

公元前1602年秋，夏发生了一场罕见的大旱灾，伊水，洛水，先后枯竭。

为此，夏桀主持了一项今天看来也颇为浩大的工程，他要凿穿一座叫做瞿山的山，把河水里的水引过来。这个“北水南调”工程一旦成功，其功绩一定会超过他的先祖大禹。

可是，他没有成功，除了连续的塌方，就是死伤无数，劳民伤财。除了好大喜功，就是怨声载道。

不知道，这算不算是历史上的第一个豆腐渣工程。

就在这个冬天，在一个叫聆隧的地方，又发生了火灾。有人说，这是火神的惩戒。

“何不归商！何不归商！”连一向庇佑我们的火神都放弃了我们，夏国的子民对桀的统治产生了深深的怀疑。

“汤革夏命，顺天应人”。这是商汤打出的旗号，没有早一步，也没有晚一步。

有一天，妺喜对桀说，昨晚梦见东方有一轮红日，西方也有一轮红日，两轮红日在空中格斗，不知是何征兆。

看了一眼依然美丽的妺喜，夏桀不由喟然长叹。他没有责怪她，他看到了她眼中的哀怨，也隐约感到了前所未有的恐慌。

夏桀已经外强中干，真正指挥得动的军队屈指可数。商汤早已严阵以待，胜券在握。

可是，毕竟，这是有史以来以下犯上的革命，商汤依然小心翼翼，如履薄冰。

战前，商汤进行了一次誓师大会，这就是流传千古的《汤誓》：

王曰："格尔众庶，悉听本王言。非台小子，民敢行称乱！有夏多罪，天命殛之。今尔有众，汝曰：'我后不恤我众，舍我穑事，而割正夏？'予惟闻汝众言，夏氏有罪，予畏上帝，不敢不正。今汝其曰：'夏罪其如台？'夏王率遏众力，率割夏邑。有众率怠弗协，曰：'时日易丧？予及汝皆亡。'夏德若兹，今本王必往。

"尔尚辅予一人，致天之罚，予其大赉汝！尔无不信，本王不食言。尔不从誓言，予则孥戮汝，罔有攸赦。"

他知道，夏桀早已众叛亲离，天怒人怨。这是一篇讨伐夏桀的檄文：王说：“来吧，你们各位！都听我说。不是我小子敢于贸然发难！实在是因为夏王犯了许多罪行，上天命令我去讨伐他。现在你们大家会问：‘我们的国君不体贴我们，放弃我们种庄稼的事，却去征讨夏王？’这样的言论我早已听说过，但是夏桀有罪，我敬畏上天，不敢不去征讨。现在你们要问：‘夏桀的罪行到底怎么样呢？’夏桀耗尽了民力，剥削夏国人民。民众大多怠慢不恭，不予合作，并说；‘这个太阳什么时候才能消失？我们宁可和你一起灭亡。’夏桀的德行败坏到这种程度，现在我一定要去讨伐他。

你们只要辅佐我，行使上天对夏桀的惩罚，我将大大地赏赐你们！你们不要不相信，我决不会不守信用。如果你们不听从我的誓言，我就让你们去当奴隶，以示惩罚，没有谁会得到赦免。”

战争，如箭在弦上，一触即发。

14. 对手

公元前1600年，春，深夜。

国都斟鄩的西北角忽然燃起大火，商汤的大军破门而入，杀声震天，城中一片混乱。

夏桀从梦中惊醒，仓促之间，狼狈逃亡到四百年前的古都安邑，随行的，只有王后妹喜和几个宠妃。

安邑地势险要，被湍急的河水、济水和高耸的华山、泰山包围着，只在东南一隅，是一片开阔的平原，易守难攻。

夏桀要在这里和商汤对决。

商汤的军队正悄悄向这里逼近。

这里的风景是美丽的，夏桀虽然心事重重，这里的一切依然会让他心动不已。

四百年前，自己的先祖曾在此立国，四百年后，真的要江山易主吗？

战前的等待是漫长的，也是宁静的，宁静得似乎有些迷人，让人有些想入非非。

就在这一片迷人的沃野之上，一向暴躁不安的桀忽然冷静下来了。

桀在等待着，每天每天，太阳从东方的山顶上升起，又落进西方的群山之中。每日每夜，妹喜伴着他。他不由想起了远方的夏宫，也想起了那些曾经和妹喜在一起的日子。这位曾一度自诩为“太阳”的君王，一向高傲的脸上，露出了几丝不易察觉的苦笑。

终于，这一天来临了。

终于，这个曾经被自己放生的人，和自己正式对阵了。

越过万千重重的人头，桀和汤的目光相遇了。

此刻，他们更应该是对手，不是敌人。

但现在，夏桀已经不是商汤的对手。

商汤的军队势如破竹，很快，安邑城破，夏桀被迫拼死向东突围。

夏桀只能向东突围。

15. 决战

因为，这一片开阔的战场，只有东方有一条可能的生路。

如果，桀还不愿意在渡河时全军覆没，也不愿意去那一片莽莽苍苍的大山里打游击。他只能一路向东，突破商汤联盟势力的包围，那里还有可能的盟友——九夷。

或许，九夷可以帮他?

看着夏桀狼狈不堪的背影，商汤并没有着急追赶，他只是不紧不慢地跟在后面。

这是一个暮春时节，一路落花遍野，一路流水潺潺，可是，夏桀和妹喜再也没有了那样的浪漫情致。这样一个风景如画，温暖旖旎的春天，他却不得不抱头鼠窜，疲于奔命。

后面，商汤的军队像天边的阴云缓缓逼近，不让有一丝喘息。

夏桀终于忍不住了，逃跑不是他的性格。

他停了下来，掉转头。

他要反击，他要与汤一决雌雄。

妺喜远远地看着这头勃然大怒的雄狮，几分怜惜，几分得意。

如果历史真的如传言所说，妺喜和商汤早年有媒妁之约，曾经彼此有意，那么此时他们再度相逢，妺喜心中更多的也许只能是某种怨恨。因为，有太多的东西，早已经回不去了，或许，此刻她会怨恨商汤把夏桀逼得太狠。

战场，重新在鸣条拉开。

“崇云临岸骇，鸣条随风吟”，这是陆机《猛虎行》里的句子，此刻，商汤正像一直凶猛无比的老虎，咬住了走投无路的夏桀。

这是一场最后的战争，更像一场两个男人之间的决斗，他们都想赢得这场争斗。

在他们中间，有一个美丽妖娆的女子。

可是，此时，一切仿佛再也与她无关。

她只在一旁远远地看着。

这一场大战，没有超出任何人的预料，一个男人胜了，另一个男人败了。

一个男人叫桀，一个男人叫汤。

16. 穷途末路

在这场旷世大战中，夏桀堪称神勇，所向披靡，但终究寡不敌众，也只能杀出一条血路，再度突围。

当然，他依旧没有忘记带走妹喜。据说，当他和几个近侍脱离了危险，回头却发现妹喜正被商汤的军队团团围住，于是，再度杀将进去，然后两人一起逃走。

英雄末路，他依然没有负了美人。江山尽失，依然满怀浪漫。

溃不成军的桀来到了今天的定陶一带，归依于属国三朡，这里是他的一个宠妃的娘家。

可是，很快，商汤再次来到了他的面前，军阵严整，丝纹不乱。

很快，三朡失守，夏桀再度逃亡，匆匆如丧家之犬。

据说，逃亡途中，夏桀有一个大将叫耕的，自告奋勇，说："我断后。"

夏耕是个猛将，一手持戈，一手拿盾，英勇非常。如果是打架，他可能会赢，可是打仗，他就绝不是商汤的对手。

交战中，夏耕被砍下了脑袋。然而这个夏耕是个硬汉，脑袋掉了，身体却不愿倒下，依旧向前狂奔，乱杀不已，一直跑到了巫山才倒了下来。

这也许是一个神话，但夏耕的勇敢为桀赢得了极为宝贵的时间。

一路奔逃，夏桀带着妹喜和宠妾渡过了淮河，来到了南巢。

这里一片汪洋，是著名的巢湖流域。这里的有巢氏围湖筑巢而据，地域广大，是夏桀的同盟部族，是夏桀计划里的一棵救命的稻草。

他要以此为据点，以空间换时间，以图东山再起。

然而，日暮途穷的他又要失望了。他寄以厚望的盟友无可奈何地保持了中立，他们让夏桀自由地通过，同样也让商汤自由地通过了。

商汤再度逼近了这里，美丽迷人的巢湖即将成为夏桀的葬身之地。

只能再逃。

目标是更加遥远的苍梧之野。

苍梧之野，在江水之南，是一个更加秀美的地方，可是这大概不是吸引夏桀的地方，他看重的，应该是得天独厚的长江天险。

可是，苍梧之野实在是太遥远，当年舜帝南巡就死在了那里。也许是太累了，夏桀没有逃出多远，就被商汤的军队俘虏了。

结束，也许有点突然。

结局，没有任何意外。

仿佛，一切都结束了，昔日喧闹的夏王宫安静空荡了许多。

坐在夏王宫宝座上的，已不再是妺喜的履癸了，取而代之的，是那个被称为商王的成汤。

站在他身旁的，还有一个人，商朝宰相伊尹。

看着下面的夏桀和妺喜，他们面无表情，形同陌人。

17. 太阳还在天上

关于舜帝的死，还有一个版本，据说舜是被夏桀的先祖大禹流放至此，然后去世。

如果不是一种神奇的传说，也许就是某种历史的巧合。商汤没有把夏桀杀掉，而是就此把他流放在了当地。

这是一个叫做亭山的地方，四面环水，荒无人烟。

现在，彻底安静下来了，再没有了那些征战杀伐，没有了那些血雨腥风。

除了小岛上的那些水鸟，妺喜在这里陪伴着他。

仿佛一夜之间，江山忽然就没有了。再也没有人来拜谒他们，包括那些忠良或者佞臣，包括妺喜的老家有施氏。

当然，也包括商汤和伊尹。

每十天，会有人给他们送点食物。

在这里，夏桀发现，太阳还在天上，每天东升西落，周而复始。

可是，他的政治生命已经结束了，随时结束的，还应该有他的生命。

在这里，除了尽情享受那一缕缕温暖的阳光，除了看着身后自己留下的长长的影子，除了和妺喜面面相觑，他还能干什么呢？

在这里，他说得最多的一句话是，我为什么没有杀了他？

当然，他指的是汤。

可是，他杀的还少吗？

无论妺喜背着他做了什么，无论妺喜是出于什么目的，他都没有怪她，或许他根本就不知道。

他只是知道，妺喜是他万分喜爱的一个妃，妺喜是他的王后，只要她高兴，他什么都可以给她。

妺喜也知道，在他无限的宠幸里，她什么都可以得到。

她唯一没有得到的，是商汤和伊尹的收留或者封赏。

无论如何，在人生的最后岁月里，在这个蛮荒之野，只有妺喜没有离他而去。

或者，她还能去哪里呢？

或者，一切，与她有关还是无关，早已经不太重要。

她，曾经是有施一族的娇娇女，日日夜夜曾经是夏桀膝头的爱妃。

我们几乎不能确知她的生卒年号，只是知道，她几乎参与和见证了夏商争斗的所有过程。

从繁华到寂灭，所有的爱恨情仇，一切，恍如梦境。

后来，某一年，天大旱，夏桀和妺喜饿病交加，先后寂寞地死去。

鲁迅先生曾说了一句话，活该。

可是，一切的一切，仅此一句“活该”就可以了吗？

在另一个地方，在同一个太阳的照耀下，新天子商汤的登基大典，正在紧锣密鼓地进行着。

至此，夏朝共传13世（《世本》载12世）、17王，历时472年（依《竹书纪年》），于公元前1600年灭亡。

桀，生卒年不详，在位53年。

18. 结语

关于夏桀，关于妹喜，关于伊尹，关于商汤，所有的诉说或者描述，是曾经真正的历史，还是某种虚构或者传说？

说到妹喜，世人都以她为后世红颜祸水的第一例证，是这样的吗？

当被有施人作为贡品献给夏朝君主桀时，她应该还只是一个十五六岁的少女。在那片她从小生活的土地上，应该有着独独属于她的幸福、梦想；有着与玩伴嬉戏山林、草地的快乐日子；甚至还有着情窦初开时投向心仪男子的羞涩目光。只为她拥有绝世的容颜，便注定要放弃属于她的曾经的种种，包括快乐、梦想，还有那没有结果的目光。

当年，远离亲人，离开故土时，除了义无反顾的决绝，她应该有一声叹息。那一声叹息，从几千年前的旷野传来，今天听起来依旧那么清晰，那么无奈，那么让人痛心。

当被桀置于膝上饮酒作乐时，她癫狂、放纵，以她的不羁证明着生命的存在。挥霍、享乐成为生的唯一目标，除此，她看不见也不愿看见那个未卜的将来。她把成捆的缯绡一寸寸撕裂，只为了那尖刺的声音可以让她沉沦、颓废的心获得暂时的失忆。既然时光不能回转，就试着学会忘记。

虽然，此行她明白为谁而来，为何而来，并曾为此不懈努力着。

可是，她依然是痛苦的，所有的无情和放肆都不过是掩饰和替补。

瑶台楼阁， 锦帐玉枕。对于桀无以复加的宠爱，她应该有了丝丝缕缕的回应和感动。但对于曾带给她温暖和期盼的伊尹和商汤，她最后是该爱还是该恨?

这就是女人，这就是那个开了“红颜祸水”先例的女人。就算她是伊尹灭夏的帮凶，又何劳旁人去指指点点。一切的恩恩怨怨、是是非非都已随她逝于南逃的风里浪里；一切的悲欢离合、牵肠挂肚都已被她葬在远古的泪里雨里。

夕阳拖着她游离在南巢山上的瘦长影子,向山的那边拉近，然后一点儿一点儿地拉圆。那一刻，她可曾回眸?

国难当头，焉有不救之理。自她走进夏桀宫殿的那一刻，她便明白了日后的命运。

爱与恨，其实只隔着一层纸，朦胧暧昧。他们都低估了他除了拥有强大的国家之外，更拥有一颗痴迷的心。

他比传说中更野蛮强大。然而再强大，他也不过是中了情毒的野蛮男人。脱下王袍的王，单纯得令她心生涟漪，朦胧的夜色，暧昧刺人，他的手越过蜿蜒的身体，仿佛缠绕着丝丝缕缕前世今生，纠缠不清。

她忘却了使命，他忘却了江山，一晌贪欢。

在前前后后渺不可测的政治深渊里，她如履薄冰。终究是平凡如一叶草木的红尘女子，一直往前走，往前走，前尘，誓言，亲情，所谓的国恨家仇，剑拔弩张的风起云涌，又怎敌得过这欲恋世界的无边春色。她沦陷了，陷入太久，忘了所来径，只认今生。

他，似乎什么都可以做得来，但作为一国之君，他真的不称职，不得民心。

风花雪月，一场欢情一场薄。他们都已回不去了，回不到从前。

于是，她忘却所有，随他出征，随他出逃。战火荼靡之后，只有她仍然陪着他。

他孤身伶仃一人，权柄凋零，终于穷途末路。她陪他渡江流放南巢，隐居山野，任世间流言夹着碎屑如粉的昨日桃花，议论纷纷。

他得到了妹喜，却失去了江山和家园。

妲己：因美倾人国？

几乎每一个王朝的灭亡，都与一个女人有关。当历史的车轮辗转驶过了几百年的光阴，在商代，我们又看到了一个类似的故事。

依然，他也是一个泱泱大国的末代帝王。依然，她是一位艳若桃花，妩媚动人的美女。

所有与此有关的话题，所有的传说或者记录，所有的描摹或者叙述，仿佛是历史的又一个翻版。

他是商纣王，她是苏妲己。

纣，是他的灭亡者周人给他的谥号，取其“残忍捐义”之意，周人盖棺定论，他是一个不折不扣的暴君。

其实，他应该叫帝辛，这是商国的人对自己国君的称呼。

帝辛，是商朝的第三十二位国君，他的父亲是帝乙。

我们熟知并能够记住他，大概是因为一部《封神演义》。这些亦神亦魔、亦真亦幻的文字，多少是虚构，多少是历史?

这些或者引人入胜，或者骇人听闻的叙述，多少是仙界的臆想，又多少是人间的真实?

不妨，我们也从一个神秘的传说开始。

1. 美丽的朝歌山

五月，是朝歌山最好的时光。

蔷薇花开了，山野间洒满了明媚疏淡的阳光。淡淡的花香里，荡漾着一种温柔清新的美。

帝乙十四年，启十八岁，辛十六岁，正是他们人生岁月最

美好的时光，

那一年五月，他们和平常一样，跑到殷都沫旁边的朝歌山练武。

哥哥启在习剑。启的身旁，蔷薇花开得正好，美丽而且安静。

这是一把檀木剑，是东夷贡品。剑把雕花，剑身镌女娲回眸图。女娲嫣然一笑，仿佛满眼前尘，流于剑气。

启身着白衣，起承转合，剑招奇巧，身形飘逸。

剑是父王赐的。启与辛虽为同母，然而兄长甚得宠爱。哥哥有赐剑，弟弟没有。

启习完最后一式，收剑，对辛笑道："你又偷懒，回去箕子老师检查你的拳，你打不熟，小心他罚你。"

辛坐在高高的山石上，双腿在半空中来回荡着，自信满满，说道："我早就打熟了。就算比干王叔叫我讲道，我也能讲。"

两个人耍累了，躺在朝歌山的向阳面说话。

"朝歌山多美啊。"辛躺了个"大"字形，说，"我们叫父王把帝都迁到这里来吧！"

启将胳膊枕在头下，闭目养神，笑道："傻子，哪里有人乱迁都的？"

辛想了想，说："沬不就是先王迁都来的嘛！倘若我们还在亳，统统都要给饿死——那里老是发大水。"

越想越得意，右肘支起半身，向着启道："哥，把帝都迁到朝歌城来，建一座老高老高的房子，站在房顶上，就能看见朝歌所有的东西吧？蔷薇也是能见得的！你去求求父王，父王喜欢你，兴许就答应。"

启也不睁眼，懒懒道："哪里能见到蔷薇，站在顶高的地方向下看，人也只是似蝼蚁，蔷薇不过是尘埃罢了。"

辛听了，放下手肘，趴在地上发呆。

闲不住半刻，又问："哥，你若做了大王，把都城迁到朝歌来好了。哥，你会做大王的喔？"

"做大王，也很好吧？"辛还在絮絮叨叨地说："……如果死了能埋在朝歌就好了。哥，你就帮我在这里修一座墓，封我作'商第一勇士'，很神气的！"

启敲他的脑袋："你啊，能吃能睡，恐怕要活得比圣人还久，成个'老不死'。"

辛摇头："圣人今年有一百多岁了，我不活那么久的。"

启一时不知道该接什么话，两个人就静静的不出声。蔷薇花香，夹着阳光的味道，人都醉了。

休息足了，兄弟便要下山，回宫里。倘若被比干王叔知道私溜出宫，是要罚的。

朝歌山是两个人的秘密基地。少年时光，年复一年，无声无息地流散在朝歌山间。直至一日，一人接了帝位，作了商王，治国，平天下，轰轰烈烈，烟尘滚滚。

2. 斗虎

少年时光，仿佛永远那样无忧无虑，启和辛总是喜欢一起到山上玩耍，喜欢哼唱那一支宫中歌姬小曲：

朝歌山，朝歌山，
七月莲香，八月蝉，
九月流莺伤别绪，
又到三月相间欢。
……

那一天，启和辛照例来到了朝歌山下。阳光依然明媚如春，他们依然哼唱着同样的曲子。

可是，这一天却永远改变了他们各自的命运。

一曲未尽，忽听见有虎啸传来，一声近似一声，回头一看，竟有一只白虎正盯着他们。

兄弟二人心下一惊。来过朝歌山这么多年，从不曾见过有虎熊豺狼，不想今日竟来了一只老虎。平日在宫里也见过勇士斗虎，那是宫中众多娱乐节目的一种。女眷一般都是不看的，怕血腥。将人与虎圈在一个场子里，观众从大王到贵族，依次坐开，隔岸观火。老虎虽则磨平了爪子，拔掉了犬牙，但终究还是老虎，不是你死就它亡，全凭一双手，挡住了，就有荣华富贵，挡不住，就送一条命。

启与辛，从未见过那般漂亮的老虎。

老虎通身的皮毛如白雪般无暇，虎纹油黑发亮，黑白分明。一双琥珀色的眼睛，闪着幽幽的光。

启与辛，定定地站在原地，和白虎对峙。启紧紧握着木剑，小声对辛道："它若扑过来，我攻它头，你攻它尾。一只虎，我们两个人，还是治得的。"

启话音刚落，但见辛已然扑向白虎了。他双拳呼呼地向老虎打去，边打边叫："哥！你就站在那里！不要动！"

启愣了一下，旋即反应过来，知道弟弟要试试自己的身手，便站在一边，大声应道："好！我不动！我就在旁边看着，过一会儿再上来。"

辛与白虎打得难舍难分。流星般的拳头将那只白虎擂得狂叫起来，顿时山林变色，百鸟惊飞。辛不管，只一个劲儿地打。

辛有一身好力气，身材不魁梧，力道却大得惊人。小时侯和王室手足或是其他贵族子弟玩，比力气是百战百胜。有一次，一口气举起一块巨石。同伴都啧啧称奇，还把大王喊来看。大王也称奇，说：“好大的力气！”又把许多妃子也引了出来，看他的神力。辛举着它，一点也不觉得重，感到轻飘飘的，几乎还可以跳舞。

后来，人们都知道他力气大，看到他，便要说：“看不出来，瘦瘦的，不像那么有力气的人啊。”于是叫他证明，辛点点头，就在现场找一个很重的东西扛起来。

孩子都知道辛力气大，也就不再和他比力气。人们看够了，也就觉得理所当然，不以为怪了。

只有辛自己记得，父王有一次说：“好大的力气。”语气是赞赏和惊奇的。

王叔箕子教他徒手的功夫。箕子总是夸奖他说：“辛啊，就是力气大！”

辛练过一阵子剑。再重的青铜剑到他手里都成了玩具，比画起来，没板没眼。箕子说：“你没有天分啊。”

没有天分那就不练了吧。难道自己只是力气大吗？辛有些愤愤不平。

顶好是在人生最美好的时候，惊天地，泣鬼神地死。比如去战场上英勇作战，死在血泊里。

辛的力气虽然大，但是那只白虎也异于一般，凶猛异常。辛的右肩躲得慢了半拍，被那白虎的利爪刮了一下，淡青色的衣衫被撕去一大块，右肩血流不止。

启一见，急了，跃过来对着虎头就要刺。平常贵族将檀木剑作装饰的玩物，启练的剑法，却可以用来要人的命。

启这一剑方刺出，却见辛挺身挡过来。启一惊，收剑招，剑气划来，把辛冲得一个踉跄。

辛站稳后，喝道："哥——你就给我站在那里！"

启也料不到辛会替那畜牲挡一剑，茫茫然地就站住了。辛便又孤身一人，和白虎纠缠在一起。辛满嘴是血，有自己的，有白虎的。也顾不得讲章法了，咬了白虎的脖子。白虎痛极，叫声震天，辛用双手按住白虎的前肢，用脚踹它。

边打边记挂着启要来帮他，反复叫道："哥！你千万别帮我！"

又和白虎滚在一起。杀啊，杀啊，杀啊……人与白虎，这二者本来无怨无仇，却分明在殊死地搏斗。以后若是去了战场，也是这样的。

父王说："好大的力气啊！"

箕子说："你没有天分啊。"

争强好胜的辛越想越来气，把朝歌山当作了沙场，把一只白虎当作了千军万马，杀得眼睛也红了，而且一边打，一边大笑着。

启从来没有看见过这样的辛。

正恍惚着，笑声突然没有了，启这才惊醒，见辛被虎尾扫晕在地。

再顾不得别的，抄起木剑狠狠刺去。

那白虎见启刺它，竟躲也不躲，就生生给他刺！

启又刺几剑，那白虎如同中了邪一般，石像一样立在那里。辛搏了命去杀它，它不死，启只刺了两三剑，它竟避也不避地倒下了。

启心里奇怪，想这白虎莫不是给辛打坏了脑袋。边想，边去看辛如何。见他浑身是血，又生气，又心疼，早知道就不该由着他的性子。

细细看了看，还好没有大碍，只是过于疲累和流多了血。辛睁开眼睛，问：“哥……老虎打死了吗？”

启说：“死了。”

辛问：“是我打死的吗？”

启见他心心念念要打死那只老虎，只道他小孩子好胜，于是安慰他：“是你打死的！命也不要了！”

辛这才心满意足地微笑起来：“哥……我也可以是个很了不起的人吧……”

启脱下外罩，包住辛，一把把他背起来，匆匆下山。

辛在启背后，又叫：“不好了！”

启以为他担心回去有人看了他的伤，责问他。想告诉他早就想好一个谎，可以敷衍过去。还没说，辛却道：“应该把虎皮剥下来，回去做披风，你一件，我一件。”

启不禁好笑。还在算计着那只白虎，也不知道是不是前世有仇。

3. 偈语

不知不觉已经到了山下。山下有朝歌亭，卖凉茶小吃，供过路人休憩。启和辛的马就寄放在朝歌亭里。

彼时朝歌亭稀稀疏疏坐着几个人。有一个老者最为惹人注意。那老者一身平常的灰布衣，却掩不住一股仙风道骨。年龄在六十开外。正端坐在朝歌亭喝茶。

老者看见启和辛过来了，点头微笑起来：“两位是从朝歌山上下来的？”

启点点头。

老者又问："可听见虎啸？"

启道奇道："你怎知山上有老虎？"

老者到："那虎是我的。昨天放它到山上跑跑。"

启和辛皆吃了一惊，暗叫不好，杀了人家的老虎。老者喝一口茶，缓缓道："你们二位，谁杀了那只虎啊？"

辛脱口道："你怎么……"话还没说完，就知道漏了底。赶紧低下头。

启看那老者出尘脱俗，知道他非一般人物，怕他为难杀虎的人，于是道："是我杀的！我也不是故意的。我赔给你！"

老者细细看了看启，道："我那白虎乃一神兽，你拿什么赔？"

辛知道哥哥在袒护自己，赶忙道："老虎是我杀的！我一个人杀的！"

老者呵呵笑起来："你们也不必害怕。我养那只虎，原就是为了要等人杀它。"

辛道："那你等到了，就是我杀了那老虎。"

启见老者并无恶意，又见辛那副自豪的样子，便应和道："是他杀的。"

是他杀的，就让他做一回英雄吧。

那老者盯住了辛，点点头，说道："原来是你杀的。"

启和辛正欲问个究竟，一转眼，那老者却不见了踪影。

帝乙十四年，五月，有云游四海的圣人现身商殷。见得帝乙，于小厅中私谈了两个时辰。

在那两个时辰后，圣人继续浪迹天涯，而帝乙做出了十二项关系国计民生的决策。其中有一条：立商第三子辛为储。

这个消息轰动了朝野。谁也没有料到，启居然落了马，换了辛。

关于这个决定，众说纷纭。然而一干人等，怕多是猎奇。皇室内部，同室操戈，大位之争，转眼一个变数，天下还是天下。站错队的，至多也是不容于天下。既与天下为敌，输了，也没什么好计较的。

启并不知道，是自己的一句话，把江山送给了辛。

启与辛却永远不知道，神谕早就有言：

商子杀白虎者，兴天下；杀白虎不得者，祸天下。

朝歌山下，启对辛说："是你打死的！命也不要了！"

刹那间，命运不知是被颠倒，还是真正还了本原。

又三年，帝乙乙驾崩，帝辛继位。

4. 新王

以上是我们可以隐约在野史里看得到的记载，零零散散，雪泥鸿爪，却也顺理成章。无论是虚构，还是历史，也许我们借此大略可以琢磨得到帝辛早年的一些情状。

在正史里，关于辛继位的记载是：帝乙在位数年，王后并没有生育。长子启聪明过人，但不是王后所生，很难让他继位。后来王后病故，他便把启的母亲立为王后。几年后，这位王后又生下一个儿子，这个小儿子，就是帝辛，帝乙给他取名受，意为“承受先王恩泽而得”之。启虽为长子，但他是王后被封之前所生，若由受继位，这样更名正言顺。于是帝乙册立子受为太子，将启封到微地，后来，人们便称启为微子启。

帝辛自幼聪敏过人，我们在先秦典籍里见到的文字，也多是一些赞美之语：《荀子·非相篇》说，帝辛“长巨姣美，天下之杰也；筋力超劲，百人之敌也。”《史记·殷本记》也说，“帝纣资辨捷疾，闻见甚敏，材力过人，手格猛兽”。

可是，3000 多年来，辛作为一代帝王，“商纣”几乎成了荒淫暴虐的代名词，我们何去何从？是那一段历史太过于古远，还是我们的想象掩去了原本的真实?

近600年的商王朝不乏阳光灿烂的日子，从开国的成汤到中兴的盘庚以及鼎盛时期的武丁，都是强大昌盛的代表。听听《诗经》里唱的就知道了：

昔有成汤，自彼氐羌。
莫敢不来享，莫敢不来王。

那时，商王朝的势力范围已经北达今天的内蒙，南到长江流域，西抵青海湖，东至渤海辽东半岛。

而且，帝辛即位后，似乎和他的先帝们并没有什么两样，尽心尽力，牢记先帝的遗愿，履行着一代帝王的职责。

这一年正月初五，子受身着白色王服，在崇天殿内宣布他对朝廷大臣的重新任命。他任命王叔比干为太宰，总揽中外政务；费仲为卿事，协理军国大事；微子为宗伯，箕子为乍册，祖伊为多射，九侯为多亚，梅伯为司马，飞廉为司空，恶来为司徒，鄂侯为司寇。

新王登基，碰到的一件非常棘手的事，要处理好和东夷的关系。

东夷方国因为不满帝乙的统治，断绝与商国的关系，否认帝乙是天下共主。他们非但不再到商都进贡，反而暗中联合，骚扰商国边境，抢夺商人的财物。因此东夷方国一直是帝乙的一块心病。每想到此，帝乙总是怒火中烧，恨道："不征服东夷，誓不罢休。"

这是帝乙去世时的遗憾，可是帝辛没有发动东征，而是决定与东夷联姻，娶了一位皇后，这便是东夷大酋长姜桓楚的女儿姜皇后。从此，东夷一方暂且被安抚，天下无事。

不久，姜皇后生了一个儿子。帝辛将此子立为太子，并高兴地说道："寡人最崇敬曾祖武丁，南征北战，东讨西伐，就用武字，给太子赐名武庚。武庚身为太子，定能福禄双全，再赐字禄父。"

就是这位武庚，后来在周代发动了叛乱，而且就在他被立为太了后不久，好大喜功的帝辛就迎来了一连串的武事。

5. 东征

即位后的帝辛，其叔箕子为第一助理、兼山西太谷一带的诸侯国首领，比干当了帝辛的第二助理，庶兄微子启为山西潞城一带的诸侯国首领。

有比干和箕子的辅佐和教诲，在他们的劝谏教育下，帝辛也曾励精图治，以期增光先王，宏振邦国。所以当时的政治也还清明，四海也还宾服。

西方的周族正在兴起，但还不足以对商构成多大的威胁，帝辛要对付的，依然还是东部的夷人。

帝辛的联姻政策，只是安抚住了姜氏一族的动乱，当时商的东部有九夷之多，夷人占的地域极为广大，大概以山东为中心，最北到东北地区，南到江苏，西到河南境内。

在帝乙时期，强盛起来的东夷人就经常对商进行入侵，直接威胁到商朝的安全。帝乙出兵东征多次，但是没有取得彻底胜利。

帝辛执政后，就面临这么一个严重问题。当时他正值青春年少，血气方刚，力大无比，霸气十足，怎容得东夷人频频入侵？他为了平定东夷，征服四方，建立统一霸业，就在今天的淇县西部山区纣王殿一带建了军事基地，一边封闭式训练军队，一边打造兵器，造就了一支攻无不克的精锐之师、威武之师。

帝辛八年，九月甲子卜：可以“征夷方”。纣王决心御驾亲征，彻底制服东方夷人。

帝都的九月，沬邑柿叶染丹，淇滨竹林叶翠。英姿飒爽的纣王，身着戎装，在大臣的陪伴下，举行了告庙典礼，接着在大校场杀牲祭旗，鸣炮启驾。

旌旗蔽天，戈戟耀日，帝辛坐在四马拉的战车上，在四辚马萧声中，东征大军出淇水关，越过汤汤南流的淇水，跨过滚滚北流的大河，在黎邑会合了诸侯发来的军队，作了征东夷的誓师后，东征大军便直奔商邑（今河南商邱）而去。在商邑略事休息，第三天便向攸地（今安徽桐城县）开跋。到达攸地后，纣王接受了攸侯的参拜及军情的汇报，纣王的大军在攸侯军队的前导下即开赴前线。

也许是由于王师军容的盛壮，夷方闻风丧胆，仓皇远遁。纣王的军队只和东夷的盟国小有接触，未有大的斩获。后来纣王的军队在夷方国域大肆威势之后，即于次年正月，由前线返回攸地。然后再入商邑，在商邑举行了告庙后，纣王的大军便走上返国的道路。

返国途中，遇上风景好的地方，便留连几天；碰上好的围场，便狩猎一番。帝辛边走边玩，兴致勃勃，直到杨花扑面的暮春天气，王师才回到沫都。

这次御驾亲征，大大增长了纣王的见识，提高了纣王的威望。

此后，纣王即不断地向东夷用兵。由于战争的胜利，一批批的战俘不断地涌向朝歌，这些成千上万的战俘，都变成了殷国的奴隶。由于纣王对东经营，跟着中原文化也逐渐发展到东南，促进了江、淮地区文化的发展；同时也由于战俘的不断增加，从而也大大促进了殷王朝的农业、牧业和手工业的发展，提高了奴隶主贵族的生活水平。殷王朝的这种“中兴气象”，滋长了纣王对自身价值的再认识，同时也暗暗滋长了他骄横与逸乐的情绪。

后来，《韩非子·喻老》有这样一段话：

> 昔者纣为象箸而箕子怖。以为象箸必不加于土鉶，必将犀玉之杯；象箸玉杯必不羹菽藿，则必旄象豹胎；旄象豹胎必不衣短褐而食于茅屋之下，则锦衣九重，广室高台。

当年纣王使用象牙筷子，箕子见了觉得害怕。因为箕子认为，用了象牙筷子，必然会不用陶杯，改用犀角做的杯子；用了象牙筷子，玉杯，必然不会吃粗粮菜蔬，而是去吃山珍海味；山珍海味必然不能穿着粗布短衣，坐在茅屋中吃，一定要穿着华贵的衣服，坐在宽广的屋子，高高的亭台上吃。

这是当年帝辛东征归来开始奢侈享乐的写照。箕子有一种预感，说：“吾畏其卒，故怖其始。”

我怕那个结局，所以在看到开始的时候感到恐惧。箕子是何等的聪明，

这一切，正是他由“中兴”走向衰亡的开始。本来，以帝辛的勇猛聪慧，本可以大有作为，可是历史从来都不相信假设，

从此，这位商代的末位帝王，就像换了一个人。

更深刻的变化，是帝辛得到妲己开始。

以下，我们不妨就叫他为纣王。

6. 妲己

也许，所有美女都是相似的，但每一个人一定有着不同的美丽和故事。

苏妲己很美，书上说“有美色”，而究竟美得如何，我们却不得而知。

据说，妲己美得让杀她的刽子手举不起刀。一个女人美丽到这种程度，是何等的旷世。

桃花难写温柔态

芍药堪如窈窕妍

这是后人为苏妲己做的诗，美得鲜花都难以企及。

妲，艳丽也：己，止也。妲己，因为绝世的美让人们记住了她，也把商纣王的人生诱惑到了另外的一个方向。

也许，我们永远也无法确知，美究竟是一种幸运，还是一种不幸，我们只是知道，妲己因为自己的美，改变了许多人的命运。

那一年，冀州候（今河南省武涉东）苏护发动叛变，纣王亲率大军前去讨伐，苏部落很快抵挡不住。

是灭亡还是屈服？苏部落的酋长选择了求生，向纣求和，献出了部落的牛羊、马匹，更重要的，还有美女——自己的女儿苏妲己。

在那个胜者为王的时代，女人在男人的争战中如同牲畜，如此美丽动人的苏妲己也不例外。

而男人又有几个过得了美人关，纣王一见到美若天仙、闭花羞月的苏妲己，脑袋一热，哪里还想到战争，迫不及待地答应了求和。

半月后，妲己在四五百人的前呼后拥下抵达朝歌。纣王亲自乘辇到西门外迎接。他看见了从远方逐渐走近的绝代佳人，不禁心神荡漾。

很快，纣王册封苏妲己为贵妃，位在皇后之下，众妃之上，居住西宫。

纣王的心，完全被妲己俘虏了，从此多日不登朝堂。

在这样一场力量悬殊的战争中，苏妲己以女人的姿态取得了男人无法达到的作用，救了父亲的命，也保全了生养自己的苏部落。

应该说，当时的苏妲己不光是一个光彩照人的美女，还应该是一个敢作敢当的女性。当父亲把自己和牛羊一样献给胜利者时，真是屈辱至极，但是苏妲己却顺从了父亲的主意，甘心走向本要镇压自己的一方，以求得和平安宁。

历史总是男人的，男人总爱挑起战争，又在战争中牺牲女性。这几乎成了一个定律。美人作为礼品献给战胜方，苏妲己不是第一人，也不是最后一人，否则历史上的“美人计”不会一演再演。

那么同是作为女俘献给商王朝的苏妲己，是否和自己的前辈施妹喜一样，走了同样的路，迷住了帝王，也膨胀了自己的欲望?

就这样,苏妲己带着纣王对自己的宠爱,从此进入商朝宫殿,从一个女俘变成了商王朝最高统治者的宠妃。

当人的欲望和权力结合，权力就会越来越肆无忌惮，欲望的膨胀就会越来越无休无止。

从古至今，这几乎成为了某种铁律，考量着每一个人道德和意志的底线。

纣和妲己当然也没有例外，因此，我们也许可以理解，为什么接下来他们会有如此多匪夷所思的举动和骇人听闻的暴行。

对于那些举动和暴行，又一个可能的解释是，妲己和姬发当年曾经私定终身，是暴虐的桀打碎了他们青春的梦。

姬发就是后来的周武王，他之所以下决心灭商，其中有几分可靠而且可信的理由？

无论如何，惜墨如金的《史记》上出现了苏妲己的影子：“嬖于妇人”，就是宠爱妇人，被宠爱的妇人是谁？当然是妲己。

“好酒淫乐”，这是纣王得到妲己后的生活。纣王对苏妲己宠爱到何种程度？演义的作者带着责备的口气说，“言听计从”。

苏妲己说什么，力大无比的纣王就做什么。一个帝王的一切行动受一个女人的控制，苏妲己开始从一个帝王的宠妃变成了权力的操纵者。

如此，以后无论发生什么样的事情，也不足为奇。苏妲己除了美丽外，她还有一绝技，就是晓通音律，这也正好是纣的一大爱好，夫妻二人竟也在宫中如此和谐，同饮同乐。当朝有一个著名的乐师叫师涓，他们命他作糜糜之音，为他们的淫乐助兴。

助兴的另一个途径就是建酒池，酒池之巨大，远远超过他们的前辈夏桀的创造。据说酒池达“二三十里”，人们在里面可以行船，豪饮时不下三千人。有酒就有肉，而肉也不逊色，“肉为林”，肉堆得像树林一样密，苏妲己和纣王就带着男男女女在酒池里长饮，不管白天黑夜，甚至男女赤裸追逐，淫乱作乐，不知今日几何。

是啊，今夕何夕？为此，纣曾经问他左右的人，没有一个人答得出来。他又派人去问叔父箕子，箕子喟叹道："当一国的元首而不知道日子，国家危矣。当一国的国民而不知道日子，只有我一个人知道，我也危矣。"

箕子是聪明的，为了表示自己也不知道日子，只好烂醉如泥。

这样奢靡淫侈，还不允许旁人指责，如果有人指责了就要被砍头，还要其他人与其同乐，不同乐者也要掉头。

有史书说，纣王的大臣九侯的女儿，也是他的妃子之一，很讨厌他这样糜乱的生活，于是纣就杀了她。

杀了自己的妃子还不算，接着还杀了自己的丈人九侯。大臣鄂侯为九侯辩解，纣连鄂侯也杀了。

西伯昌听到这个事，叹了口气，纣就把西伯昌关了起来。

西伯昌就是后来的周文王，当时是西方诸侯之长，还是商纣王的一个臣子。

妲己的所作所为已被史学家视为祸国殃民，而在民间，苏妲己也被演绎成了十恶不赦的蛇心女人。

至于这些事实是否为苏妲己真实所为，这是史学家的争议。无论那些传说是历史，还是虚构，而民间百姓却只记得这个狐狸精式的恶毒女人。而且这种形象无法改变，演绎至今。

传说，有一年冬天特别冷，苏妲己看到有人光着脚走在冰上，苏妲己对此很是好奇，竟然会有这么不怕冷的脚？

这一好奇不得了，为了满足这一好奇心，苏妲己就叫纣王把那人找来研究。

苏妲己是怎么研究的呢？苏妲己不声不响，命人把此人的双脚砍下来，取出骨髓来自个儿研究。

这真是泯灭人性，然而令人发指的事还在后头。据说有一回，苏妲己看见一个大腹便便的孕妇，很是感兴趣，想知道孕妇肚子的婴儿到底是什么样子，就叫人剖开孕妇肚皮，取出婴儿来看。

人有愚蠢的念头不可怕，可怕的是把愚蠢的念头付诸实践。

苏妲己正是这样一个可怕的人。

如果说苏妲己断人足，剖腹肚，还只是她作为一个女人的愚昧之举，当她怂恿纣王掏空忠臣比干的心时，则是苏妲己权力欲望的表现。

帝王的欲望鼓胀起来，就像吹气球，气球只会越吹越大。对纣王来说，苏妲己则成了诱惑他吹气球的人。

气球越来越大，爆破的危险也越来越大，站在帝王身边的大臣能够甘心忍受这个气球的破裂？能够眼看着一个王朝的灭亡吗？

7. 鹿台

把都城迁到朝歌，曾经是少年时代的梦想，纣还没有忘记当年那些美丽快乐的时光。

东征归来，沫都显得狭小了，纣王便决定扩建沫都，并因城西的朝歌山，改沫都为朝歌，有高歌黎明、喜迎朝阳、兴旺发达的含义。

“东临淇水观鱼跃，西依太行听鹿鸣。”朝歌真的是一个迷人的地方。四周群峰耸立，白云萦环。山上奇石嶙峋，绿竹猗猗，松柏参天。山下杨柳同垂，野花芬芳，桃李争艳，蝶舞鸟鸣。

就在这个美丽的地方，接下来，纣王决定要修鹿台，供自己和妲己享乐。

为此，纣王召比干入宫，把修建鹿台之事对他讲出。比干竟没有反对，只是说：“修建鹿台，此乃朝歌之壮举。但要尽力而为，不可耗资过大。”

比干还向他推荐了一个人：姜尚。当时，姜尚仅仅是一个灌坛令。

修建鹿台的工程破土动工了，纣王没有听从比干的劝谏，调集二十万名奴隶，大兴土木，昼夜施工。

后来，奴隶大量死亡，工地不断减员，纣王指挥兵丁从城中抓来平民百姓当差。姜据理劝谏，纣王勃然大怒，欲杀之而后快，所幸姜尚设计逃遁，躲过一劫，却也从此埋下了弃暗投明，辅佐周室的种子。

兴师动众，集各地名匠，聚全国财宝，整整用了七年时间，一座富丽堂皇，豪华盖世的工程才算告竣。

鹿台落成这日，纣王携妲已及歌女一连饮乐三日，并下令朝歌及远近的宗庙、衙门钟鼓齐鸣，以示庆祝。

建造鹿台中死伤人丁无数，百姓们怨声载道。这里是纣王的游乐场，他却不知道，鹿台的建造为他的灭亡敲响了丧钟。正如有一首诗写到：

鹿台高耸透云霄，断送成汤根与苗。

今天，鹿台是淇园八景之一，谓之“鹿台朝云”。风和日丽的早晨，彩霞满天，紫气霏霏，云雾缭绕，整个鹿台的楼台亭榭时隐时现，宛如海市蜃楼，恰似蓬莱仙境。

纣对苏妲已迷恋程度真是空前之举，当苏妲已说要摘天上的星星时，纣王就又大兴木土，在鹿台上为苏妲已建了一座摘星楼，专门为苏妲己遥望家乡，并派人搜集天下奇珍异宝，遍铺鹿台。

花天酒地，醉生梦死，一意孤行，这就是纣得到妲己之后的生活。

这一块天下是我的，我是一把手，想干什么，我说了算。

大多数人，敢怒不敢言。

可是，就有一个人，真的看不下去了。

这个人就是比干。

8.“殷有三仁”

孔子曾说，“殷有三仁”，他们是：箕子、微子、比干。

先来看比干，因为三“仁”之中，比干最倔强。

比干是帝乙的弟弟，纣王的叔叔，当朝丞相。帝乙去世，比干牢记嘱托，忠心辅佐侄儿——幼主纣王。

比干常常在纣面前直谏，说纣奢侈淫乱，宠爱妇人误国，等等等等，说得纣好不耐烦，而苏妲己更是痛恨比干。

苏妲己知道比干不喜欢自己，于是就装病，说是需要七窍玲珑心做药引，而比干被认为有七窍玲珑心的人，纣王竟然听信了苏妲己的谎言，为了救治苏妲己，马上下令比干献出自己的心。

君要臣死，臣不得不死，何况还是一个残忍无比的暴君。比干看到纣王如此昏庸，无比愤怒，就用剑刺入脐中，剖开腹部，将手入腹内摘出心脏，掷给纣王。

比干挖心后，竟然还没死，晃晃悠悠地四处走。见到一妇人，手提一篮菜卖，比干问妇人："你的菜有心没？"妇人说："菜当然有心，没有心怎么活？"比干说："不一定，人没有心就能活。"妇人辩道："人若无心怎么可以活。"

比干听后，大叫一声，倒地而亡。

箕子是帝乙的弟弟，比干的长兄，纣王的叔父，性耿直，有才能，在纣朝内任太师辅朝政。

后来纣越来越奢靡，旦夕饮酒作乐，不理朝政。箕子屡谏不听，有人劝箕子离去。

箕子曰："为人臣，谏不听而去，是彰君之恶而自悦于民，吾不忍也"。

箕子认为，作为一个臣子，应该竭力劝谏帝王，如果帝王不听劝谏就自己愤然离去，这是在张扬帝王的恶名，是一种宣扬自己，从而取悦他人的作法，我不能这样做。

穷则独善其身，达则兼济天下，这是箕子当时秉持的操守。

可是，做一个仁者也并不容易。

接下来，箕子只能披头散发，装疯做傻，找了一个地方，鼓琴自悲。

纣看到了，以为这位可爱的叔父真的疯了，就让人把他关了起来。

武王灭商建周后，让召公把他放了，并向他询问治国之道。

周灭商，估计箕子肯定有情绪，不久就带领遗老故旧一大批人从今胶洲湾东渡到朝鲜，在一个地方定居下来，繁衍生息。

再后来，箕子路过朝歌，见当年的宫室一片颓坏荒凉，遍地野生麦黍，心中一片哀伤，欲哭无泪，就作了这首《麦秀歌》：

麦秀渐渐兮，禾黍油油，

彼狡童兮，不与我好兮。

这里“狡童”，当然指的是纣王，意为你那时不听我劝，如今落得这般天地。朝歌殷商遗民听见，无不动容流涕。

微子就是启，是和纣从小一起玩大的哥哥。

对于商王的淫乱，微子同样屡次劝谏。同样，纣哪里还听得进去。

微子启当然明白，彼此再也不是当年两小无猜的玩伴，无奈之下，也选择了愤而出走。

武王灭商后，微子持商王室宗庙礼器，来到武王军营前，表示投降。

他袒露上身，双手捆缚于背后，跪地膝进，左边有人牵羊，右边有人秉茅，向武王请罪。

武王将他释放，把他封到了宋地，宣布恢复他原有爵位，以示宽厚为怀。

微子的后代里，最有名的人物，一个是孔子，另一个是墨子。

9. 炮烙

就这样，纣王身边清净多了，他感到了前所未有的自由。

忠臣离开了，空出的位子，马上就会有佞臣替补，无论哪一个朝代，忠奸从来就是冰火两重天。

现在，陪伴在纣身边的，除了昼夜不离的妲已，还有和她串通一气的费仲、尤浑。

堂堂一国之君，有几个心爱的女人，其实并不为过，可怕的是，宠妃和佞臣缠在了一起。

在他们的诱惑下，纣王彻底被妲己迷住了。

为了讨妲己欢心，纣王决定避开王后，在沙丘苑与妲己尽情欢乐数月。为了放肆享受，纣王在沙丘广场中心建起酒池肉林，奢靡昏淫无度，并且命令卫队将沙丘的所有道路严加防范。没有他的许可，任何人也不得进出。

纣王在沙丘苑囿玩乐两月有余，才率众回到朝歌。

回来后的第一件事，竟是与佞臣费仲商议如何增加酷刑，用以惩罚五名入苑偷窃，被卫兵活捉并剜去双目的窃贼。

纣王道："汤王定有五刑：黥、劓、刖、宫，这些都太轻了。第五是辟，砍头，本王又见得太多，看腻了。能不能新添几种刑罚？"

费仲道："可以先把人杀死，然后剁成肉块，或者肉酱。"

纣王说："好。本王赐名为醢刑。"

尤浑说："也可以把人杀死之后，烤晒成肉干。"

纣王道："好。本王赐名为脯刑。"

妲己说："这两种是先杀人，我来出个不杀人的法子。我娘家宫中有种两层水炉，叫火烧心。中间烧火，外面热水。有次忘了灌水，两层铜皮都烧红了。我看，可以用空心铜柱烧红炭火，把受刑人剥光衣服，绑到柱子上烫烙而死，岂不比砍头好玩得多！"

费仲、尤浑赞道：“还是娘娘想得好。”

纣王也说：“是好，本王赐名炮烙之刑。今后，奴隶逃跑，平民造反，叛臣逆主，我都要烙死他们。明日起造，由费仲监工。”

仅费去半月工夫，炮烙铜柱就铸造完毕。

这刑具高两丈，圆八尺。铜柱中心有火室，分上中下三个火门，放入炭火，即可将铜柱烧红。

纣王和妲己看了，十分满意。纣王命武士将炮烙刑具立在大殿前，立即派尤浑从狱中取出两名瞎囚，剥去衣服，捆绑到铜柱上试刑。不用多大工夫，两名囚徒就被烧成了灰烬。

炮烙夏桀时应该就已经出现，据考证，夏桀时炮烙是横着的，纣和妲己把它立起来了，显得更加威严雄壮。

而且，纣和妲己把它改进得更为完美和残忍了。

10. 梅伯

伴君如伴虎，可是历史上历来就有不怕死的人。

梅伯就是一个。

梅伯是先帝商汤后裔，当朝重臣，官居司马之位，历来把江山社稷的存亡放在首位。

梅伯听人说纣王造了炮烙之刑，前日试用，已经烙死数人，他决定冒死进谏。

几日后，梅伯闯入了王宫，恰好见到一个受刑者正被武士捆绑到铜柱上，炭火一燃，只听惨叫几声，那人就气绝身亡。一股肉体烧焦的腥臭扑鼻而来，纣王和妲己却安坐一旁掩鼻而笑。

梅伯双膝跪到纣王面前，直言进谏道："汤王宽厚仁慈，得万民拥护，奠定下商王朝六百年的基业，世人谁不崇敬？如今，大王却弃先王之政，设炮烙之刑，已经天怒人怨。依老臣看，大王炮烙的不是囚徒，而是汤王的社稷，商国的江山。臣巡察四方，见北方干旱，南方大水，百姓叫苦连天，您可知晓？自妲己入宫，大王宠信妖妇，荒淫无度，以至造此炮烙，扰乱朝政。为消除臣子的积怨，请大王速将这酷刑除去，效法汤王。"

梅伯曾多次劝谏大王不要贪恋女色，早已引得纣王讨厌。现在，纣王一听梅伯这番刺耳的话，立即勃然大怒吼道："寡人贵为天子，何用你来多嘴多舌！不设炮烙之刑，天下臣民、四方诸侯能服从我吗？除去炮烙之刑，商国的江山就能安定吗？你出言无礼，诅咒本王，我要给你点厉害看看。"

纣王恼羞成怒，立即将梅伯收监下狱，要两日后殿前炮烙。

第三天，纣王为此特设早朝。圣旨颁下，钟鼓齐鸣，纣王终于在大殿上面见群臣了。

众大臣朝贺完毕，纣王说：“今日颁旨之意，文武大臣均需知晓。为惩治那些咒骂国君、借进谏而扰乱朝政之人，寡人特设炮烙之刑。前日，梅伯已犯此罪，应处炮烙之刑，以儆效尤。请诸位爱卿出殿观看。”

梅伯被押解上来。纣王说道：“梅伯辱骂本王，罪不容赦。今后若再有如此狂妄之人，一样处置。”

然后，大刑开始，殿前一片肃穆寂静，灿烂的阳光照在每一个人身上。

武士剥去梅伯的衣服，用铁索将他捆绑到铜柱上。

梅伯大骂道：“昏君！你堵塞言路，残暴如此，殷商天下必将亡在你的手中！你……”

话未说完，梅伯早已皮焦肉枯，化为灰烬。

看着纣和妲己的笑容，在那生死两隔的一瞬间，梅伯不是疼在了身上，更多的是疼在了心上。

可是，妲己的发明天才还没到此为止，又说：“可以再制一个铜斗，也加火在里面。罪轻而不至于处死的，让他们以手持熨斗，则手足焦烂，这样可以区别法律的轻重。”

于是，又是一番实验，妲己听到犯人的惨叫，就像听到刺激感官的音乐一样发笑。

从此，纣王的殿前，立铜柱、铜斗各数十个，凡有罪的大臣，即加此刑。

因为一部《封神演义》的存在，仿佛让我们对这一段历史尤其怀疑，真真假假，假假真真，孰是孰非?

纣王和妲己的作为，仿佛荒唐绝伦，但是，千万不要怀疑他们的能力，也不要因此怀疑了自己的判断。

因为，千百年来，最贪婪的，是人，最残忍的，也是人。

无论你在场或者不在场，或许，更多更加惨无人道的罪恶正在进行着。

11. 姜尚：归去来兮

这一段历史，无论如何，也不可能绕过一个人：姜尚，姜子牙。

不妨，我们多用一些笔墨。

前面讲过，纣王建造鹿台，姜尚曾经当过监工，可是，鹿台的存在，却始终是姜尚心中的一个结。

一日，纣王和妲己在鹿台宴饮，欣赏歌舞。两人说说笑笑，十分高兴，回首问随侍的姜尚："本王造鹿台，姜大夫以为如何？"

姜尚不想投其所好。

他没正面回答，却问道：“大王要臣子讲真言，还是说假话？”

纣王一怔，笑道：“本王要你讲真话。”

姜尚说：“那要先赦我不死。”

纣王立即冷了脸说：“赦你不死。讲来。”

姜尚深施一礼，直言劝谏道：“臣以为鹿台之工，害万民之力，伤国库之财。今年北方干旱，南方大水，民生艰难。陛下当留心邦本，与百姓养和平之福才是。且莫身居鹿台，终日贪于酒色，只图一已之欢乐。臣受陛下知遇之恩，不得不赤胆披肝，冒死上陈。如不听臣言，社稷生民将为他人所有，留一鹿台何用呢？”

纣王闻言大怒，欲将姜尚拿下，但君无戏言，碍于早已赦免其罪，只得作罢。

姜尚回府中，自言自语道：“朝歌非我久居之地，不如脱身为好。”

姜尚把鹿台谏主之事讲说一遍。有人说：“大夫并非在位之谏臣，偶尔言及，何罪之有？”

姜尚却说：“今日实为漏网之鱼。如不及早离开朝歌，必有性命之虞。”

姜尚是何等聪明的人，当日将行装捆绑整齐，连夜急匆匆逃出京城。

次日，纣王又设宴鹿台，派人召姜尚随侍。侍者归来，回禀道：“姜尚连夜逃跑了。”

纣王闻言大怒，下令费孟和飞廉带兵搜捉逃犯姜尚。

兵将在一片树林中寻获姜尚踪迹。约行到百余步，见一开穴古墓，命令兵士钻入墓中去看，果见姜尚在内，吓得大叫一声逃了出来。

一员大将下令道：“拿住姜尚。”三名兵士重又钻入墓中，捉到的不是姜尚，而是姜尚的衣袂覆盖着的枯骨。

兵士爬出墓穴如实报告，大将长叹道：“我们中了姜子牙的计，让他逃跑了。”后人便把此事称为“遗衣驻军计”。

姜尚逃出了松林，单身入山，躲过搜捕，然后抄小路向南津而去。

姜尚昼夜不停地南行，终于走到黄河渡口，不想被预先设下埋伏的飞廉的部下发现了。

姜尚看到追兵，便脱下鞋子放到岸上，下水到苇荻深处躲藏。

纣兵赶来寻觅，听得“扑通”一响，如有人投水之声，又发现姜尚鞋子在岸上，便说：“定是姜尚投水，必溺而死。”回报飞廉和费孟，二人到河边去看，不见人影。

次日，纣兵便返回朝歌了。

姜尚当然没有投水，而是从岸上推一块巨石入河，发出如同落水之声。然后，姜尚走到芦苇深处，宿到天明。

纣兵退去后，姜尚搭船过河，一直东行，向海滨走去。

历史往往极其相似，当年夏桀灭亡之际，曾经后悔放过了伊尹，可是，纣王连一丝一毫的悔意都没有，只想杀之而后快。

所以，如果有人说，以史为鉴，很困难。

因为我们的欲望，因为我们的弱点。

东海海滨，是姜尚出生的地方。

从此，姜尚与渔人为伍，背对丝山，或钓于棘津，或钓于万坪口，或钓于海岛上。丝山东南麓，有一溪东流入海，临海之处水冲成潭，因两岸岩石甚为不平，此溪被乡民称为棘津，俗称钓鱼溪。石岸上有一平台，便是姜尚垂钓之处。

就这样，姜尚从朝堂来到了民间，和他的前辈伊尹一样，离开了昏君。

比干还活着的时候，看到姜尚是个很有潜力的人才，曾多次向纣王进谏，要委以重任，但刚愎自用的纣王哪里还听得进去？最终姜尚还是自己放逐了自己，把自己变成了一个自由人。

姜尚更是一个聪明人，估计他这样的性格，留在朝中，早晚不是被炮烙，也会变成一个疯子。

这次垂钓，显然不是遇见周文王的那一次，但姜尚赋闲之际，却丝毫不曾懈怠，钓鱼归来，旁征古今，学问日日精进，他将在京中所见的《军谶》尽情发挥，写成了《谋略》一书。

故天将降大任于是人也，必先苦其心志，劳其筋骨，饿其体肤，空乏其身，行拂乱其所为，所以动心忍性，曾益其所不能。

这是后来孟子总结的道理，相信无数人看到过，并以此自励自强过

姜尚也并没有例外，在找到一条光明大道之前，姜尚吃了很多苦头。

而且，每天总这么坐着，肯定不是最好的选择。

于是又半年过去，姜尚开始周游诸国。

第一站，来到了吕国。

宾主寒暄拜过，姜尚迫不及待地开讲：为政之道，一要行仁义之道，二要爱民教民，三要以身作则，四要重用贤才。不知国主以为如何？

吕国国主点头示意，很有礼貌。

姜尚接着开讲：道、德、仁、义、礼五者，原是一体。道者人之所蹈，德者人之所得，仁者人之所亲，义者人之所宜，

礼者人之所礼，为政不可缺一！

姜尚见国主并不响应，只好再论道："为政者要重视身教，生活力求节俭；施政要有仁爱之心，不能横征暴敛、毁夺农时，要与民同忧同乐。如能廉洁无私、克己奉公、尊重贤才、摒除奸佞，就能管理好国家！"

国主听到这里，面上已显倦态，缓缓道："寡人昨夜饮酒过量，体力倦怠。待明日再议吧！"

次日，姜尚单身进入宫门，却见大堂外停驻车马。刚要问个明白，只见国主穿戴整齐，正走出大堂。

姜尚上前施礼，国主笑道："今日不论政。寡人与你同游浮来山，边走边谈。"姜尚只得上车。

据说，两人游玩之后，吕国国主没再见他，只让人交给他一张贴子：吕乃寡民小国，譬如一潭。上人乃东海潜龙，龙兴于海，一潭何可播雨？今赠银略表敬意。明日可去，好自为之。

姜尚很明白，此地不留他。

以吕为界，南有向国，北有国、杞国、淳于国、莱国等。姜尚想：与其南去，不如北往，一国不成，尚有其余。既为游说，无遇何羞之有？

姜尚长叹一声，便背上包袱，大步向北方走去。

沿沭河逆流而上，姜尚入一国境内，见四面皆山，国都就在秀山之下。

国侯年过花甲，鬓发半白，对姜尚彬彬有礼：上人到我山国，有何见教？

姜尚道：在野之民写有一书，名为《谋略》，敬献国主一读。

侯道：请略讲一二，饱我耳福。

姜尚道：这是一部兵书，为世道衰微而作。国主深晓上略，则能任贤擒敌；深晓中略，则能御将统众；深晓下略，则能明盛衰之源，审治国之纪。

侯称善道：上人暂留此书。三日后此厅重会，如何？

姜尚施礼道：遵命。

国侯派人送姜尚到馆驿歇息。三日期满，姜尚如约进宫。

宾主相见依然彬彬有礼，国侯道：《谋略》一书，旨在扶助帝王平定天下。今我身为诸侯，小小方国，何敢奢谈平定天下？我为国主近四十年，未动干戈，不谙兵事，只教山民开石取铜，种地得谷。兵书无用，故而奉还。

姜尚接过《谋略》，深施一礼，回头就走。

侯道：上人慢行，本王有一言相嘱。你可北而西行，直达莱都。莱为大国，兼有维邑、棠邑、莱芜谷。莱侯喜论战事，善于用兵。上人前往，定有委用。此行一路多山，我选武士二人送你前往，如何？

姜尚有些无奈，却又深感国侯心诚，说道：谢国侯相助。

东海之民愿往。

姜尚到达莱都那日，早已是归鸦噪晚，红日西沉。

第二日，姜尚进宫求见，正值莱侯早朝。

莱侯知姜尚为游说而来，宣他进见，说道："上人远道而来，有何见教？"

姜尚道："我为助莱侯伐纣王而来。"

莱侯暗吃一惊，却心中高兴，道："上人何出此言？"

姜尚说："历代商王都对我东夷用兵，捉去战俘，充做奴隶。帝乙曾亲征夷方达两年之久，纣王即位更是变本加厉。连王后妇好墓中都殉人十五个，有男有女，还有小孩！商纣王如此奢侈腐朽，天地不容，莱侯何不伐之？山野草民此来，献《谋略》一书，愿助莱侯一臂之力。"

莱侯听得动容，连连喝彩道："上人说得好！你若留用莱国，本王当拜为上卿。"

莱侯正想再说下去，却见身旁一人对他施以眼色，便改变话题说："上人远道而来，十分疲劳，先到馆驿暂歇去吧！为政之事，容明日再议。"

姜尚当殿留下《谋略》，作一揖而别。那个大殿上施以眼色的人，姓子，名朗，为莱侯心腹。他目送姜尚出殿，对莱侯说道："此人锋芒毕露，出语惊人，定非寻常之辈。以臣之见当明访细察，方可酌情而用，且不可操之过急。"

莱侯道："爱卿言之有理。"又求贤心切，便命子朗前去造访姜尚。

下午，子朗到馆驿访查客人。姜尚一眼就将他认出来了，连忙把子朗请到上座。

子朗问："上人久居乡间，为什么对国事知之甚多？"姜尚就把在朝中任下大夫之事细说。而后，两人又谈起《谋略》一书，各抒己见。

晚餐用罢，子朗却在居室局促不安起来。侍莱十年，他深得莱侯信赖，以为智囊。而今姜尚却胜过自己十倍。若留为卿士，自己必遭冷遇。他想道："大丈夫当独行于天地之间。有他无我，有我无他。"

子朗独自一人悄悄溜出大门，去找他的结义兄弟子彪。子彪是一介武夫，听罢他的叙说，一拍胸膛道："大哥放心。今晚三更时分，我蒙面越墙潜入馆驿，一刀结果了姜尚性命，便万事大吉。"

次日，子朗料姜尚是必死无疑，便喜滋滋赶到莱侯宫，对国主禀报道："臣以为姜尚不可信任。其一，他曾在朝歌为吏多年，官居下大夫，常侍于纣王身边，充为耳目。此次游说莱国，是激我们出兵，好就近败我远行之师，使殷纣得到更多的战俘充当奴隶，实属居心叵测。其二，目下莱国反商时机未到，若主公留用姜尚，日后必为内奸。他若私逃回京邀功请赏，岂不毁侯爷之大计于一旦吗？”

莱侯急问道：“依卿之见，当如何处置此人？”

子朗低声道：“捉来审问！”

莱侯说：“依卿所奏。”便派武士前去捉拿姜尚。

片刻之后，武士空手而归，禀报道：“客房空空，姜尚连夜逃走了！”

莱侯吃了一惊说：“他怎么会逃走了呢？”

子朗也心下狐疑道：“是啊，他怎么会逃走了呢？”

姜尚连夜逃出莱都，一直朝北斗星的方向奔去。

天明时分，姜尚进入一个村落，坐到路旁老桑树底下休息。

姜尚很落魄，他重重叹了一口气，自语道：“总算从虎口里逃出了一条命！”

可是，姜尚并不伤心，反而很感激。

有人救了他。

昨晚一更过后，姜子牙刚刚躺到床上，便听到有人敲门，并呼唤道：“下大夫开门。”

姜尚听得清楚，忙披衣下床，点亮蜡烛，紧走几步把门打开。

门开处闪进一人，身穿黑衣，立即将门紧闭，气喘吁吁道：“下大夫！我原是朝歌人，修鹿台当苦工时曾见过你，知道你是好人。现在你要大难临头！子朗为人很坏，他与义弟子彪密谋，今晚三更要行刺你。幸亏被我听到，抢先报告于你。你快逃命吧！”

说罢，不留姓名，匆匆去了。

姜尚闻言很是吃惊，子朗竟是一个口蜜腹剑的伪君子，真是令人难以置信！

可是，这就是现实，无论你信还是不信。

两天后，经过长途跋涉，姜尚到达齐都营丘。

连续三日，姜尚到齐侯宫门前请求召见，却均遭拒绝。

退回客舍，姜尚悄悄问之于店主。

店主笑道：“齐侯终日迷于酒色。你是男子，非亲非故，他何能召见你？君有奇才，还是远走他乡吧！”

很可笑吗？谁让你不是女身？齐侯不缺人才！

是女身就可以了吗？齐侯缺女人吗？

姜尚摇摇头，离开齐都。

可是，姜尚却有着说不出的留恋。

他是一个懂风水的人，走出南门，姜尚停下脚步四面观看。

但见营丘（今淄博东北部）南有稷山，北有原野，西依系水，东临淄河，便仰天长叹道：“此地武可用兵，文可安邦，可惜未得明君！”

数年后，周灭商，姜尚因为辅佐有功，被封于齐地，成为周代齐国的始祖。

这不是一种轮回，也一定是一种缘分。齐侯是一个可恨的人，更是一个可怜的人，遇到了姜尚，他却没有这个福气。

当然，现在姜尚还没有看到这种美好无比的前景，依然很落魄，也很坚定。

他转而南行，但所过之城邦，国主非昏即暴，使他空有满腹经纶，不得一展其才。

一日，秋雨绵绵，姜尚行到了良国。

良国是一个小国，国内乱糟糟的，一片哗然。

一定有什么事！

姜尚入城后，听闻国主子高前日入山行猎时，误中鬼邪，至今高烧未退。

姜尚是一个敬鬼神的人，却不会傻到相信什么鬼邪附身，知道国主一定是遭了秋寒，遂自言身为游方医人，求见国主。

现在看来，良国国主至多是重感冒，姜尚把脉后开了一剂方药，嘱其按时煎服。

姜尚随后住进客店。国主派人送去银两，告诉店家：“要好生照看郎中，三日内请他不要外出。”

姜尚明白，这是在验看药物。用错了药，可有杀头之罪！

三日后，国主召见姜尚，笑吟吟道：“郎中不凡，真所谓妙手回春。”

子高说：“郎中可愿留住宫中吗？寡人想用你为御医！”

姜尚道："谢国主信任！但在下并非郎中，乃从父母处偶得一二罢了。我之所学，乃治国之道。"

子高说："能教我如何做君主，岂不更好？请陈高见。"

姜尚道："世之君主，多能尊敬祖先，却很少能爱护民众。尊敬祖先，仅是敬亲，爱护民众才能做君！"

子高说："言之有理！君主如何爱民？"

姜尚道："爱民之君主，重视耕田养蚕，决不侵占农时；减轻赋税，不使民财贫乏；减少徭役，不使民力疲困。另外也需选任贤士良臣治国。"

子高赞道："讲得好！"

子高问："贤士在先可曾充任公职？"

姜尚道："数年前曾在殷都任司户参军，位居下大夫。"

子高答："那好，寡人就任用你作良国的中大夫。"自此，姜尚便留居良国，充任中卿。

数日之后，姜尚启奏国主，说："臣姜尚曾写《谋略》一书，是为乱世君主统治天下而作。《上略》敷陈礼赏，辨别奸雄，说明成败。《中略》区别德行，审察权变。《下略》阐述道德，分析安危，揭露害贤的灾祸。"

子高道："好！自即日起，爱卿便为我先讲《上略》吧！"

讲述《上略》，姜尚边讲边插入古今事例，子高听得相当认真。讲到《中略》时，子高却插话道："三王用'道'治人，使人心悦诚服；虽有军事准备，而没有战争祸患。而今天下大乱，诸侯相互敌对，常常用兵！”

姜尚停下讲述说：“有智慧的人喜欢建功立业，勇敢的人喜欢实现志向，贪得的人喜欢追求利禄。主公，您想建功立业吗？”

子高道：“正是。”

姜尚道：“那好，你就采取攻强、离亲、散众的谋略！为此，就要因势利导，缜密谋划，巧用财物贿赂敌人。”

子高来了兴趣问：“具体说来，如何攻强？”

姜尚道：“攻强之国，必先障塞其心智，使其头脑昏聩；然后伺机击败其兵！其法是淫之以女色，诱之以厚利，食之以美味，娱之以靡乐。与此同时，离间其亲信之臣，使其远离民众。如此诱导强敌坠入计谋而不自觉，于是攻强之谋可成矣。”

子高道：“所言极是。但不知爱卿所指的强国，实为何地？”

姜尚正色道：“殷商之朝歌！纣王暴虐无道，重用刑辟，脯醢大臣，役使诸侯，残害百姓。且骄奢淫逸，不惜以酒为池，悬肉为林，男女相杂其间，为长夜之饮。而今诸侯时有叛者，四海风雨飘摇。主公若要建功立业，不伐殷纣，更待何时？”

子高听到这里，脸色突变道：“住口！天无二日，地无二王。

你劝我讨伐纣王，岂不是谋反？殷王与我同宗，你让我子姓相互杀伐，岂不是自残手脚？似你这等不忠之臣，留之必为害群之马。来人，将姜尚给我拿下。”

武士闻命，不容分说，一拥而上将姜尚绑起，问：“主公，此人如何处置？”

子高说道：“下狱！三日后押往朝歌。”

次日，子高怒气已消，暗自想道：“姜尚虽属乱臣，但曾经救我一命，今番不能置他于死地。还是学祖宗成汤王，对他网开一面。”

子高派武士将姜尚提到大堂，道：“姜尚，你知罪吗？”

姜子牙却说：“良禽择木而栖，贤臣择主而事；怨我有眼无珠，误投良国，合当该死。”

子高道：“你罪当斩首！但因对我有救命之恩，故而将功折罪，不送朝歌问斩，你速离良国吧！”说罢，命令武士道：“将姜尚卸去刑具，逐出宫门！”

逃离良国之后，姜尚正为游说诸侯无所遇而苦恼不堪，此时忽然想到古语有云：“不入虎穴，焉得虎子？”于是，他决定去往朝歌。

数日风餐露宿，姜尚终于到达了朝歌。

朝歌街头，酒店林立，依旧繁华不歇。故地重回，物事人非，姜尚心中不免惆怅。

当年响当当朝中大夫，今日何为安身之处?

行人匆匆，熙来攘往，姜尚茫然四顾。

姜尚很明白，无论如何，自食其力，填饱肚子是占第一位的问题。

一不会做工，而不会务农，姜尚选择了经商。

第一件，是编笊篱。

朝歌城外有山，山上有竹，只要有力气，尽可以砍来。

很快，破竹劈篾，姜尚编出一担笊篱，挑往朝歌去卖。

从早晨到中午，直转到红日西斜，也没卖出一个，一担去，还是一担来。

第二件，是卖面粉。

很快，面粉磨出来了，依旧挑着进朝歌去卖。他四街走遍，却没有卖出一斤。最后却被一匹惊马搞得人仰面飞。

第三件，是卖酒。

结果，完全可以以此类推。

第四件，走集串场，贩卖猪、羊。

旭日东升，姜尚赶了猪、羊，忙着往朝歌城中走去。

此时正值久旱不雨，为了祈雨，天子百姓禁了屠沽之业，当日张贴告示，晓谕军民人等。

姜子牙哪里知道!

刚把猪、羊赶到城门，就被张贴告示的看到，守门甲士持刀蜂拥而上。

结果，姜尚回来了，猪、羊俱被没入官家。

第五件，是牛肉铺供职。

总算有了一个立足之地。

除了记账之外，他也学会了屠牛。

姜子牙在朝歌实是手中屠牛，心中屠天。他走遍了城中的大街小巷，察看了城外的山川地理，熟悉了朝中的君臣近况，记住了殷商的兵力部署。

最重要的一件事是，他见到了一个人。

他就是前来进贡的姬昌，也就是后来的周文王，当时是商纣统治下的西方诸侯之长，也被人称为西伯昌。

姜尚寄居朝歌，只不过是寻找机遇，多结识天下贤者，西伯昌的出现，让他心中一动。

有时候，相遇就是这么容易，只惊鸿的一眼，就记住了。

但相见只此一回，西伯昌从此再没出现，回到店内，姜尚依然用心帮人记账卖牛肉，仿佛什么都没有发生。

两年后，老主人病故，新主人自记账目，只让姜子牙当店卖肉。

一日，酷暑难当。肉店无人登门，新主人心头有火，便训斥姜尚道："姜子牙，你终日谈什么成汤、武丁，现在是纣王当朝，你成不了伊尹、傅说！你是个屠夫，连肉都卖不出去。你只是个废屠！朝歌之废屠！”

姜子牙想：他说的也是实情。在朝歌长住，我哪能有出头的日子？我已年过花甲，垂垂老矣！世上敬老国君，只有西伯姬昌，我何不西去周原？

想到此，姜子牙一语不发，回到住处，背起行囊，离开了朝歌。

12. 再次东征

看来圣贤绝不是那么好当的。

姜尚一路行来，可谓颠沛流离，徘徊去就，居无定所。

当然，他知道，就在他的身边，朝歌城内的纣王，依旧是花天酒地，昏天黑地，乐不思蜀。

他还知道，纣王又一次发动了东征。

东征的起因，是因为姜王后的自杀。

姜王后为何自杀？是因为妲己。

那日，姜王后为了武庚生日之事去找纣王商议，却正撞见妲己与纣王在鹿台宣淫。恼羞成怒的纣王在妲己的挑唆下将王后施以剜眼、割舌之刑，打入了冷宫。姜王后受辱不过，在冷宫中自杀身亡。

姜王后死后，纣王顺理成章封妲己为王后。

以姜氏为首的东夷部族本就不太服气，突然发生了这样的事，姜家肯定不会答应，

于是，战争不可避免。

当然，东夷被无情镇压，纣军凯旋而归。当然，纣王要庆功封赏。

当然，还要举行盛大的告庙典礼。满朝文武对纣王举杯祝寿，欢呼道："愿天子万寿无疆！"

可是，好大喜功的他却没有想到，这一次东征，不仅点燃了周边诸侯更大的怒火，也几乎耗尽了殷商的国力。

西方，渭水流域，岐山之阳，周族正在悄然崛起，危险正在向他一步步逼近。

周部族原是夏朝后稷的后裔，早在古公时代，便有了东下图商的企图，《诗经》中的《鲁颂》中有这么一段；

后稷之孙，实维大王，居歧之阳，实始镇商。

许多年前，商灭了夏，现在，是周灭商的时候了。

13. 西伯父子

事实上，对付强大的商朝，不是那么简单的事，虽然周族力行仁政，国力日盛。

时机还未成熟，西伯还只是纣王的一个臣子，每年还要恭恭敬敬地去朝歌纳贡。

伴君永远如伴虎，何况面对的是纣王这样一位暴君！

很快，危险不期而至，纣王听信谗言，以议事为名，把西伯昌招进朝歌软禁起来，欲杀之而后快。

况且，周族的强大，纣王似乎有所警觉，他还没有傻到底。

不久，姬昌被囚于羑里，作为人质，以防周国反叛。

羑里，在今天河南汤阴县，是商纣王的国家监狱。

这里，白天看不到太阳，黑夜看不到月亮，可是在这里，姬昌做了一件很重要的事。

什么事？推演《周易》。

有时候，苦难不仅仅是苦难，还是一笔难得的财富。

特别的境遇，催生了潜在的灵感。

正邪相斗，阴阳消长，刚柔相对，变在其中。

《易》，有他的寄托，也有他的希望。

可是，他的苦难还没到此为止。

西伯姬昌囚于羑里的消息传到西岐，周国一片慌乱。

西伯的长子伯邑考是个孝子，他唯恐纣王祖父文丁杀死自己祖父季历的悲剧重演，急得坐卧不安，急于前去朝歌营救父亲。

又一个悲剧就此发生。

伯邑考一到朝歌，就被残暴的纣王砍死，然后做成了肉馅和人肉汤。

纣王为什么要杀伯邑考？

有人说伯邑考在宫殿上垂青妲己的美貌，纣王因此很不高兴，恼羞成怒而为之。

可是，自己的父王身陷囹圄，过着暗无天日的生活，伯邑考还会有这一份闲情逸致吗？

无论纣王已经变得如何没有人性，我们绝不能如此没有人性地看问题。

因此，这种说法很不靠谱。

靠谱的说法是：纣王听信了谗言。

然后，他把一道难题交给了狱中的姬昌。

什么难题？喝下那碗人肉汤。

若姬昌饮下此汤，则可赦免；若拒而不饮，必死无疑。

这也许是世界上最难喝的一碗肉汤了，可是姬昌很平静，把它一饮而尽。

虎毒不死子，西伯昌一向以仁义闻名，这一幕的的确确让我们开了眼界。

我们也许可以想象纣王的残忍，却再也无法想象姬昌的心情。

或许，我们应该问的是，这，是虚构，还是历史?

可是，姬昌的考验和磨难还在继续。

姬昌的举动，大出纣王意料之外，然后他和颜悦色道：寡人听说你善能鼓琴，音色动听，今日特来听你演奏。

姬昌依然不动声色，信手弹来，琴声果然婉转悠扬，妙不可言。

纣王不禁赞叹道：“西伯能奏出如此美妙之曲调，其中必有奥妙之处。请为寡人详谈琴理。”

西伯姬昌平心静气，缓缓答道:“击鼓弹琴，本为传情之事。若心中喜悦，弹出的琴就轻松欢快；若感情激动，弹出的琴就慷慨激昂；若遇哀痛、悲泣、愤怒、惊吓，或心事重重、酒醉性狂，必然鼓点杂乱，琴调不正，让人听了心烦意乱。方今世界清平，天下大治，当有轻松欢快之音。罪臣姬昌理当炮烙，幸遇浩荡圣恩，得以再生，心境悠然，故能为大王弹奏出这等悠扬欢快的曲调。”

纣王听罢，乐得眉开眼笑，当即命令侍卫道：“要对西伯好好照顾，不得有误。”

很多的时候，残暴和愚蠢几乎是一对孪生的孽障，姬昌就此免过一劫。

当然，纣王还没有愚蠢透顶，依然把姬昌关了起来。

还可以想象的是，即使你以后真的放了姬昌，姬昌还会放过你吗?

国主被囚，太子遭烹，周国朝廷一片悲痛。

既然君臣恩义已绝，不如集齐我周国大军杀奔朝歌，剿戮昏君，为太子报仇。

这几乎是所有人的愿望，可是有一个人没有同意。

他就是姬发，也就是后来的周武王。

为什么?

时机未到，不能鸡蛋碰石头。

群臣面面相觑，就这样算了?

不，投其所好，救出主公要紧!

姬发很果断地挥挥手，双眼几乎要冒出怒火，可是他压住了。

太子姬发当即下令，将宫中珍藏之明珠、白璧、彩缎等取出，差遣大臣太颠、闳夭扮作商人，各带一份厚礼先行，分赠给纣王的宠臣费仲和尤浑。

十日之后，上大夫散宜生又带上更为丰厚的礼物，也赶到了殷都朝歌。

散宜生带来的厚礼，有从南方采购的珍珠，有从西方购买来的三十六匹骏马和两只雪白的狐狸，还有一些形状奇特、谁也叫不出名字的珍禽异兽。

更重要的，有从莘国刚买来的十名美女。

当然，纣王喜笑颜开，照单全收。

很快，姬昌被遣送回国。

历史总是有太多的相似，昔日纣王的先人成汤曾被夏桀囚于钧台，后来一日还国而有天下。据说后来夏桀曾恨得咬牙切齿。

真的是太没有记性！

可是，宠妃在怀，弄臣在侧，高傲的纣王，哪里还顾得了这些！

14. 垂钓

姬昌回来了，放眼故国山水，物是人非，自然生出无限感慨。

被囚禁了七年，还是三年，似乎不能够确指，我们只是知道，此时的姬昌，已是风蚀残年，垂垂老矣。

西伯回西歧后，修德行善，笼络诸侯，表面上对纣王更加诚服。

第二年，西伯又率诸侯入贡，纣王大喜，特赐地千里。

帝辛三十三年，又特赐弓、矢、斧、钺，命西伯特得专征伐。于是西伯借此权力，暗地扩大自己的实力。

西伯昌以礼仪教化赢得了两个小国的归顺。这也是他获得诸侯拥戴和万民归附的转折点。

后来，姬昌废除“伯”为称王，史称周文王。周国如日东升，文王姬昌苦于贤才难得，常到郊外借行围打猎消愁解闷。

传说，姬昌得到姜子牙，是因为一个梦。老父亲竟飘然而至，身后还跟着一位须发斑白的老人。

太史认真地卜了一卦，道：“主公，这可是吉祥之兆！”

文王迫不及待，问：“是何吉兆？”太史道：“王爷明日到渭水之滨打猎，必有重大收获。”

第二天，姬昌按照太史的指点，带领大队人马出发。文有散宜生、太颠、闳夭等随从，武有南宫适、南宫达、侯来等保驾。太子姬发也随行其中。一行人马径直来到渭水边。

之后的事情，似乎不需要再赘言了。无论有多少个版本，最后，姬昌见到了直钩垂钓的姜子牙。

当然，贤才难得，据说姬昌此行还颇费了一番周折。因为，姜尚认得他，他却没有见过姜尚。

渭水之畔，河水清清，杂草凄凄，哪一个是梦中人？

第一个，是一位樵夫，第二个，是一位渔夫，都摇头说自己不是。

第三位，姬昌怕再弄错，就让姬发前去探问，此人正是稳坐钓鱼台的姜子牙。

他看清来人并非文王，手中并不停钓，口内却作歌道：

临溪，

钓、钓、钓！

大鱼不到小鱼到。

姬发是何等聪明之人，怎会听不出歌中有弦外之音？

他悄悄返身自退，姬昌疾步来到了姜子牙面前。

这就是开创了八百年周朝基业的周文王和姜子牙君臣二人的风云际会。很安静，也很辛苦。

传说周文王亲自驾车载姜子牙回城的路上，在上一个坡时，拉车的绳子突然断了。姜子牙就对周文王说：“你拉了我八百零八步，我就保周室八百零八年。”周文王一听，还想再拉，但姜子牙说：“天意如此，不可强求。”

前后一算，西周、东周加起来真就八百多年。

天下非一人之天下，乃天下之天下也。同天下之利者则得天下；擅天下之利者则失天下。

这是他们相见时，姜子牙的一句话，姬昌记住了。

这句话告诉他，得天下，只靠仁政还远远不够，还要顺势而为，对自己再狠一点。

15. 谋略

姬昌除了对自己狠一点，更多的心思是用在了对付商纣王上。

姜尚出山佐周，文王如鱼得水，自然很高兴。

先是设国宴庆贺姜尚出任国师，然后又设家宴款待姜尚，只有文王、太姒和太子三人作陪。

席间，姬昌问道：“太公望，我们下一步应如何作为？”

姜尚道：“目前殷大周小，殷尊周卑。主公应采用韬晦之计，倾商以兴周。”

文王问：“何谓韬晦之计？”

姜尚道：“韬晦者，韬光养晦也。就是要隐藏锋芒，不使外露。鸷鸟将击，卑身敛翼；猛兽将搏，弭耳俯首；圣人将动，必有愚色。主公要兴周灭殷，目下表面上必须尊殷崇帝，作出恭顺无比的姿态，不能有半点破绽纰漏。同时实行文伐，暗中离间，行十二策。”

文王说：“愿闻其详。”

姜尚说：“第一，按照敌国君主的喜好，顺应于他，使其放松警惕，滋长骄傲情绪，必做出邪恶不轨之事。巧妙利用这种形势，必能除掉敌国。

“第二，拉拢敌国重臣，以削弱敌国君主之威信。臣子怀有二心，对敌国君主的忠心必然会减少。朝廷无忠臣，社稷必危险。

“第三，暗中贿赂敌国君主身边的人，与其建立密切联系，使他身在国内而心向国外，必然产生祸患。

“第四，引导敌国君主追求享乐，对他厚赂珠玉，娱以美人。同时，要谦卑以对之，顺从他的意志，听候他的命令，迎合他的心意，旨在使其松懈斗志。

“第五，要尊敬敌国忠臣，仅送少量礼物。若他作为来使，便故意拖延时日，勿听其言，使他有误使命。对继派的亲信使者，则示友好，诚心结交。使国君远忠臣，则伺机夺其国家。

“第六，收买敌国朝中大臣，离间君主与将领的关系，使其君臣内外离心。

“第七，欲稳敌国君主之心，须送重礼贿赂他，使其解除怀疑。这样，使国君只知贪图贿赂，忽视国内生产，积蓄减少，国库空虚。

“第八，把传国之宝献给敌国君主，得他信任，以便一起夺取另外国家。敌国君主得到好处，则对我深信而不疑。如此一来，敌国君主必定会为我所用。

“第九，将敌国君主大加吹捧，使其觉得自己拥有了至高无上的权势。这样，他就会忘乎所以，不再追求国家的兴旺发达。

“第十，要取得敌国君主的信任。取得信任之后，等到时机成熟，再消灭他。这样一来，百姓会认为这是天意亡国。

“第十一，可收买敌国臣子，使其愿意为我效力，就能堵塞其国君之耳目，使其不知真实情况。

“第十二，支持敌国朝中邪臣，以迷乱君主心智；向敌国君主进献美女，使他神志不清；送他良犬骏马，使他因过度贪玩而体力疲劳；夸赞其权势无比，使他自我迷醉。待到时机，可与天下人一起将他消灭。”

文王大喜道：“就依军师之计。”

16.“天下三分，其二归周”

姜子牙的这十二条谋略，可谓天衣无缝，商纣王已是瓮中之鳖，覆灭只是早晚的事。

朝歌城内，依然歌舞升平，纣王的心中，只有美玉、宠妃和弄臣。

可是，他却没有想到，自己的江山已经岌岌可危，危险正在步步逼近。

首先，姬昌和姜尚成功地调解了虞、芮两国争田纠纷，使河东小国纷纷前来归附，各部诸侯都把文王看成是以取代商纣的“受命之君”。

第二年，出兵伐犬戎，战败西戎诸夷，解决掉了一个强大凶悍的对手。

第三年，攻打密须（在今甘肃灵台县），解除了北边和西边后顾之忧。

第四年，“西伯戡黎（在今山西黎城县）”，第五年，伐邘（在今河南沁阳县）。戡黎、伐邘实际上是构成了对商都朝歌的直接威胁。

第六年，灭崇国（在今陕西户县境）。扫除了周在东进道路上的一个障碍，并且据有关中的膏腴之地。

接下来，姬昌将都城由岐山周原东迁渭水平原，建立沣京（在今陕西长安县沣河西岸）。

《诗经大雅》里说："既伐于崇、作邑于沣。"说的就是迁都的事。

接着，又向南扩展，势力直达长江、汉江、汝水流域。

对于姬昌的一系列举动，商纣王也许并不是毫无察觉，只是不以为然，笑曰："不有天命乎？是何能为！"

他的大意应该是，我为帝王是拜天命所赐，你这样忙碌奔波，能奈我何？

这不由让我们想起了他的前辈：夏桀，这个自诩为太阳的末代帝王。

可是，无论他有多么的自信，他却不得不面临一种可怕的形势："天下三分，其二归周"。

至此，姬昌已完成了对商都的钳形包围。

可是，他终于没有看到商纣王的灭亡。

就在这大功即将垂成之际，姬昌却不幸死去。死后葬于毕（指西安与咸阳之间渭水南北岸，境域较广）。

《尚书无逸》和《吕氏春秋制乐》都说他享国50年，称王前立国43年。

孔子称周文王为“三代之英”，还感慨道：“郁郁乎文哉，吾从周！”

孟子曾说，文王这样的圣人，500年才出一个。

其实，由于年代久远，文献残缺，人们对周文王的了解未必很多，周礼也未必很完美，但是作为人们对清明之君、清明之制的一种向往，它的意义还是积极的，

无论如何，抽象意义的周文王影响了中国历史两千多年，应该是不过分的。

17. 孟津观兵

东汉有一个怪才叫皇甫谧，这个皇甫谧有一本书叫《帝王世纪》，这本书里说，周文王曾梦“日月着其身”。

日月是帝王之象征，这个梦显然是想说周文王受命于天。这种“受命于天”的说法，当然应该是后世想称王称霸者所刻意模仿的行为。

我们不知道这种说法可信不可信，我们只是知道，周文王没有天子之福，迁都的第二年他就去世了，由太子发继位，也就是周武王。

周武王似乎比他的父亲更加的勇武果敢，而且即位后，对姜子牙更是倚重，君臣二人日夜策划，把灭商兴周作为头等大事。

第一，为了体现反商的“政治正确性”，免除犯上作乱的恶名，周武王他们大加指责商的种种罪行，牢牢占据了舆论的高地。第二，姜子牙还设了一个成功的心理战：他用丹药喂食一个小儿，令其全身纯赤，长大后，还教这个小孩说“殷亡”。殷民见这个小孩像“红孩儿”般全身赤色，以为他就是天神，又听他说出“殷亡”二字，都以为是天要亡商了。第三，孟津阅兵。这是周武王为了试探诸侯是否齐心而发起的一次军事演习。

公元前 1048 年，姬发与姜尚挥师东进，阅兵于孟津。

出师之日，姜太公左杖黄钺，右持白旄，威风凛凛地号令军队：“苍兕苍兕，总尔众庶，与尔舟楫，后至者斩！”

各部争先恐后，迅速抵达孟津。

姬昌在横渡黄河、前往孟津的途中，还发生了一件事。

当他的船驶到黄河中流时，一条白鱼突然跃到了船中。那时人们非常迷信，对大大小小的事情都要分析是吉还是凶，武王也不例外。于是，武王忙将白鱼捡起祭祀天地，祈求此番出征大吉大利。后人附会此事，认为“白鱼入舟”乃武王灭殷之象。

渡过黄河之后，又发生了一件奇事。

说是姬发找了个房子暂时休息，忽见一团火球从天而降，正落在姬发所住的房子上面。转眼间，火球变成了一只鸟，颜色鲜红，鸣声悦耳。据说赤色是周室所崇尚的颜色，而鸟代表孝顺，这说明姬发将完成其父的未竟之业。

又是“白鱼入舟”，又是“赤鸟降临”，总之这次出征吉祥得不得了。

各诸侯国闻知姬发与姜太公东征，不待姬发征召，也纷纷前来相助，不期而会者竟有八百诸侯。商朝有 1800 多个诸侯国，当时的诸侯国都很小。这次会盟，将近一半的诸侯都来了，亦可见周国的号召力。

孟津后来又叫“盟津”，即由诸侯在此会盟而得名。面对会盟军队的赫赫声势，众诸侯皆跃跃欲试，劝武王乘此时机征伐殷纣，武王却拒绝了。

姬发觉得时机尚未成熟，“汝未知天命，未可也”。

阅兵之后，武王进行了誓师，然后坚决地退军了。

和商纣王真正的决战，发生在两年之后。

18. 牧野之战

此刻，纣王在干什么?

似乎不需要再费笔墨，因为以上我们已经写了太多。

宠妃，弄臣，花天酒地，不知今夕何夕。

朝歌山，依然很安静，很美丽。

朝歌城内，永远是一片莺歌燕舞，纣王却不知道，武王姬发和姜太公已经做好了一切灭商的准备。

两年后。

约公元前 1046 年，姬发与姜尚决定对殷纣一战。

周武王遍告诸侯，说："殷有重罪，不可以不毕伐。"

大军出发，按照惯例，必须占卜龟兆，但结果却出乎预料。

不仅一占不吉，还有风雨雷电接踵而至，连周武王的马也被雷击死了，大家都十分恐惧，连周公也说："天不佑周矣！"

易者不卜，在关键时刻，姜子牙表现出领导者的睿智和坚定。

他推开占蓍，脚踩龟壳大骂："枯骨死草，何知而凶？"

姜子牙相信"成事在人不在天"，他力排众议，说："君秉德而受之，不可如何也？”

他这种坚决的举动大大坚定了周武王的信心，武王亲率戎车三百乘，虎贲三千人，甲士四万五千人东伐纣王。

姜子牙又下令周军将走过的桥梁全部烧毁，以置之死地而后生。

周军按计划顺利前进了，但周武王心里还是有些没底。

一天，武王告诉周公说：“呜呼，谋泄哉！今本王寤，有商惊予。欲与无口，则欲攻无庸，以王不足。戒乃不兴，忧其深矣！”（《逸周书·寤儆解》）

武王说他梦见伐商的计谋已经泄露，商人惊动了自己，想服从呢没有好的方法，想进攻呢又怕不能成功，想取代为王呢条件又不成熟，他感到这次战争未必能够战胜商纣王，因而很忧虑。

周公宽慰周武王说，这是上天对周人不能指望一帆风顺而取得胜利的提示，所以通过梦告诫他，周军一定要戒骄戒躁才能取得胜利。

听了周公的这番话，周武王悬在半空的心放了下来。

是年二月甲子日黎明时分，周武王率领军队来到商国都城郊外的牧野，在那里举行盛大的誓师。

武王左杖黄钺，右秉白旄，说：“逖矣，西土之人！”

军阵前的武王威风凛凛，他说：“多么遥远啊，我们这些从西方来伐纣的人！”

是的，岂止是路途千里遥远，这一天周人已经等得多少年！

现在，时机终于来临。武王接着说：“称尔戈，比尔干，立尔矛，予其誓。”

“举起你们的戈，排列好你们的盾，竖立起你们的长矛，我要发布誓词。”

这就是历史上极为著名的《牧誓》，这些文字，今天读来依然精彩：

王曰：“古人有言曰：‘牝鸡无晨；牝鸡之晨，惟家之索。’今商王受，惟妇言是用，昏弃厥肆祀，弗答；昏弃厥遗王父母弟不迪，乃惟四方之多罪逋逃，是崇是长，是信是使，是以为大夫卿士，俾暴虐于百姓，以奸宄于商邑。今予发，惟恭行天之罚。今日之事，不愆于六步、七步，乃止，齐焉。勖哉夫子！不愆于四伐、五伐、六伐、七伐，乃止，齐焉。勖哉夫子！尚桓桓，如虎如貔，如熊如罴，于商郊。弗御克奔，以役西土，勖哉夫子！尔所弗勖，其于尔躬有戮。”

这一段话，其实就是一篇讨伐的战斗檄文：武王说：“古人说：‘母鸡是没有在清晨报晓的；若母鸡报晓，说明这户人家就要衰落了。”现在商纣王只听信妇人的话，对祖先的祭祀不闻不问，轻蔑废弃同祖兄弟而不任用，却对从四方逃亡来的罪恶多端的人，推崇尊敬，又是信任任用，以他们为大夫、卿士。这些人施残暴于百姓，违法作乱于商邑，使他们残害百姓。现在，我姬发奉天命进行惩讨。今天的决战，我们进攻的阵列的前后距离，不得超过六步、七步，要保持整齐，不得拖拉。将士们，奋勇向前啊！在交战中几次不超过四、五回合，六、七回合，就要停下来整顿阵容。奋勇向前啊，将士们！希望你们个个儿威武雄壮，如虎如貔、如熊如罴，前进吧，向商都的郊外。在战斗中，不要拒绝从敌方奔来投降的人，要用他们来加强我们自己。奋勇前进啊，将士们！你们如果不奋力向前，你们就会倒在敌人的剑下。

终于，两军对阵了。

不知道，此刻纣王是否已经想起，站在他面前的这个人，就是当年他亲手放走的那个人。

我们也许更不知道，望着咄咄逼人的武王，他又会作何感想？

而且，就在这种危机时刻，纣王又犯了一个天大的错误：连年的远征东夷，不仅严重损耗了国家的财力，更要命的是，纣王的主力部队还正在凯旋归来的路上。

远水不解近渴，纣王只好仓皇把从东夷前线遣来的战浮及大田奴隶，临时整编起来，作为前锋；把京师小人及京师宿卫军，作为后卫，开赴牧野。

两军对垒，看起来纣旅“其会如林”，人数大大超过周师，但纣旅的士气，却极为散涣。

更为致命的是，所有人早已经不满商纣王的残暴统治，大都临阵倒戈。

战斗，当然很惨烈，天昏地暗，鬼哭神嚎，“血流漂杵”。

只用了一天的时间，周军就取得了决定性的胜利，并以摧枯拉朽之势迅速攻入朝歌。

结局，当然毫无悬念，只是有些太突然。

19. 自焚

一笑相倾国便亡，何劳荆棘始堪伤？

小怜玉体横陈夜，已报周师入晋阳。

这是晚唐李商隐的文字。感伤，还是怀古？

都城没有了，国家没有了，商纣王真的成了孤家寡人。

不，陪伴他的，还有那些宠妃，还有美丽依然的妲己。

纣王不是没有退路，如果他不再一意孤行，如果他还愿意回头，一路向东，去和那些东征的精锐之师会合，然后反戈一击，鹿死谁手或许很难预料。

可是，那不是他的性格，而且他也受不了那样的羞辱。

他没有给自己留后路，选择了勇往直前，他要和自己的帝国共存亡。

大势已去，商纣王逃上了鹿台，登上了摘星楼，穿上金缕玉衣，自焚而死。

这是一种比炮烙更为直接，也更为壮观的方式。

史书上的记载应该是：

甲子日，纣兵败。纣走入，登鹿台衣其宝玉衣，赴火而死。

苏妲己，这个旷世美人，随着商纣王的一把火也走向了她的人生尽头。

关于苏妲己的死，史书上说是周武王杀的：

周武王遂斩纣头，悬之白旗。杀妲己。

民间传说更加神彩飞扬，说是苏妲己被砍头时，哭得楚楚可怜，而那些刽子手哪里又见过这样绝代美人，一个个三魂出窍，手软臂麻，举不起刀，最后姜子牙下令用布包住她的花容玉貌，才喀嚓一声，玉头落地。

立国六百多年的殷商帝国，在殷纣的手中，就这样被一个地方百里的部落氏族给推翻了。

然后，周武王把象征国家的九鼎，由朝歌迁往镐京。

次日，周武王宣布自己是天下共主。

褒姒：一笑何止千金

1. 不得不说的话

自古以来，我们似乎有一句老话：以史为鉴。

一方面，有史以来，就是这句话，曾经激励了无数要求进步的人，曾给人多少期待和希望。

可是，另一方面，无数的历史事实又无情地证明：所谓以史为鉴，几乎是不可能的。

因为，历史总是如此地相似，相似得不得了，相似得让你惊讶到唏嘘不已。

接下来，我们不得不要面对的，就是这样的一种相似。

依然，一个是至高无上的帝王，一个是美貌无比的宠妃。

《诗经》说，“赫赫宗周，褒姒灭之”。他叫周幽王，她叫褒姒。

或许，我们会再一次怀疑，曾经的一切，是历史，还是虚构?

2. 褒姒是谁?

褒姒，姓姒，古褒国人。

褒国立国之地就在今汉中平川中部、留坝县以南地区，因此她算是一个陕西人。

褒国“礼妇人称国及姓”，所以她就被叫做褒姒了。

关于她的身世，史书上一本正经地记载着一个近乎荒诞的故事。在《国语·郑语》和《史记·周本纪》里，都有相关的记载。

大致意思是讲，夏朝末年，褒人的神灵“化为二龙，以同于王庭”。也就是说，有两条龙在夏王大庭交配，此二龙是褒神变化而来，自称是褒人先君。

夏王对此深感恐惧，便占卜问神灵，是杀掉呢？是赶跑呢？还是制止它们的交配活动呢？

占问结果是：莫吉。就是不吉利。

于是，夏王又改卜请示说，那能不能把龙漦（注：“龙所吐沫，龙之精气也”）收藏呢？

神觉得这个主意不错，便告曰“吉”。

于是夏王拿来上好玉帛，用简册给神灵打个报告。

二龙显完灵后，立马消失了，只剩下一摊黏糊糊的龙漦。夏王命人把这“宝物”恭恭敬敬地藏在椟匣里，好好保护。

自夏末至西周三代，王室均以郊礼祭之。

很多年过去了，这件宝物一直传到周厉王末年，厉王禁不住好奇，便打开观看，可一不小心，把龙漦洒流于王庭，还无法清除。

周厉王很是慌张，便决定用巫术除之，他让宫女裸着身子大声喧哗，迫使龙精化为玄鼋。

后来，这只黑色的大鳖爬到王府里去了，恰巧被一个七岁的小姑娘碰上。周宣王年间，这个小姑娘在“及笄”之年（15岁）竟然“不夫而育”，生下一个女婴。

这个女婴长大后便是褒姒。

因为她出生得莫名其妙，所以宫女很害怕，便“惧而弃之”。这时恰被一对以卖桑弓弧、箕箭服为生的夫妇发现，看她可怜，便将其抱养，并逃到褒国。

那么，他们为什么要逃跑呢？

西周自周厉王姬胡、周宣王姬静以来，朝政紊乱，国力日益衰弱。周宣王的时候，京畿街衢的儿童流传着一首歌谣：

月将升，
日将浸，
檿弧萁服，
实亡周国！

还有另一个版本：

叮叮当，当当叮，
月将升，日将没；
桑木制作的弓，
箕木制作的箭，
将把周朝戳个大洞。

周宣王听了，当然很不高兴，马上下令："以后谁敢再卖桑木制作的弓、箕木制作的箭，一律处死！"

一天，这一对乡下夫妇，带着桑木弓和箕木箭进城兜售。

刚走到城门，守门的官兵要来抓他们，夫妻俩吓得扔了东西就往城外跑。跑到河边，听到婴儿的哭声，发现了一个弃婴。

是个漂亮的女婴。他们连忙抱着女婴继续逃亡，最后逃到褒城。

这个小女婴就是褒姒。

褒姒到十四岁的时候，已出落得很成熟，而且非常美丽，人见人夸。

这一年，周宣王死，儿子幽王即位。

3. 我的江山我做主

周幽王，姓姬名宫湦，西周第十二个国王。

相比于他的前辈们，幽王更加的暴戾贪婪，骄奢淫逸，疏于朝政，更不把天下苍生当一回事。

姬宫湦登上天子之位后，立申伯之女为王后，又立长子宜臼为太子，进申伯为申侯。

不久，母亲姜太后就死了。可是幽王却毫无哀戚之心，反而更加沉湎声色，吃喝玩乐。

一次早朝，把守岐山地区的大臣出班奏事：“启奏陛下，昨天，泾水流域、黄河上游、洛河流域的三川同一天发生地震。百姓伤亡损失严重，十万火急！”

周幽王笑了：“山崩地震，这是天地间经常发生的事，我管不了，不用报告，我不管！”

一甩手，起身走了，早朝结束。

太史伯阳甫拉着大夫赵叔带的手发出哀叹：“三川都是发源于岐山，这岐山是周朝的发祥地，不可以随便地震的。三川地震，百姓遭难，朝廷不施行救助，怨气四起，民心不平。这样下去，西周要出乱子。”

赵叔带问：“如果国家发生变化，会在什么时间？”

伯阳甫掐指一算：“就在十年之内。”

“怎么会知道？”

“善事做足福就来了，恶贯满盈祸就来了。十是个大整数，是个满数，所以说不出十年。”

没过几天，岐山守臣又来报灾。在朝堂上，岐山守臣声泪俱下地奏报：“三川地震后，河水干竭，这次岐山又发生地震，民房倒塌，百姓死伤无数，十分可怕。”

幽王根本不往心里去，慢慢一摆手：“地震是天灾，我管不了天，这事今天不再讨论。谁还有别的事？”

这时，有一个人看不下去了。

老丈人申侯看到那么多的国家大事周幽王不管不问，十分着急，就前去规劝。

可是几次劝说，幽王根本不听。

一气之下，申侯告辞回申国去了，图个心静。

接着，几个忠贞正直的老臣也相继死去，幽王更加的肆无忌惮。

而且，几个心术不正的小人马上填补了位置。虢公石父、祭公、尹球并列三公，总理全国的大事。

这三个人，都善于阿谀奉承，见人说人话，见鬼说鬼话，四处讨好，八面见光，有好事就上，利用职权捞好处，贪得无厌。

其中，虢公石父最为诡道，专办幽王喜欢的事，受到宠爱，大权独揽。

幽王这时想什么？他真正需要的是什么？

幽王自己当然知道，这几个小人心里也知道。

他所想的，是宫内缺少年轻美女供他享乐。

幽王的宫里，真的会缺少美女吗？不会的。

可是，经年累月在美女堆里待着，再好的脾气也会腻烦的。

这就叫所谓的审美疲劳，幽王需要更加新颖的刺激，需要一种更加迷人的美的出现。

深知幽王心思的虢公石父为讨取天子欢心，花言巧语地向幽王奏道："先王享国日久，春秋已高。所用侍女，都已年纪老大。君王登位，正应该另选美女，以供使唤。现在容臣下令各国访求美女，进贡前来。"

石父一番话，正中幽王的下怀。

当下，他即传下旨意，命虢公石父派人四出访求美色，以充后宫。

赵叔带见状，急忙上表进谏："启奏陛下，岐山是周朝先祖的发源地，是周朝的老根，基础动摇，国朝不稳，岐山地震不可小看。岐山地震，朝廷不去救助百姓，恐怕失掉民心。现在国家大难当头，大王不思百姓生死，不选良才好好治理国家，却着急选美享乐，恐怕国家要出乱子呀！"

这边石父见机会来了，立即打断赵叔带的陈述，用心险恶地说："现在国朝都城是在丰镐，而不是在岐山。我朝定都丰镐已经三百多年了，非常安定。岐山离丰镐那么远，发生地震，丰镐都没有察觉，有什么了不起的？赵叔带污蔑君王，诽谤朝廷，诅咒国朝，这是地地道道的大逆不道，罪不可赦，请大王明察！"

幽王气呼呼地站了起来："石父说得对，削去赵叔带大夫职务，赶出朝门，放归田里，永为庶民。"

一班武士上来，拽起赵叔带就往外拖。

这时，褒城的头头大夫褒珦进京办事，正好遇见赵叔带的遭遇。他知道赵叔带是一个正直的忠臣，朝廷是不应该这样对待的。

他立即赶到朝堂，向幽王谏言："赵叔带是个忠臣，他一心维护周朝的天下。他的谏言是正确的，今天大王不采纳，还把他削官为民，这不妥当，请大王收回成命。否则，朝廷将失掉忠臣贤臣，国朝难保啊！"

幽王本来心气不顺，哪能接受褒珦的直言，怒不可遏，喝令："将褒珦拿下，押入天牢！"

从此忠臣都不敢开口说话，幽王天天寻欢作乐，石父跋扈朝廷为所欲为。

褒珦被幽王押入大牢，在监狱里一关就是三年。

虽然自己还能坚持，家人实在是坚持不下去了。

得想个办法，儿子褒洪德四处奔波，不遗余力。

4. 家有小女初长成

褒姒越来越好看了。

褒国人天生不是美丽的宗族，褒大夫妇俩平凡几近丑陋，他们却有全褒国美丽的女儿。

几乎每天，褒姒都喜欢坐在褒河的岸边遥望。

她把双腿浸在清清的河水里，乌云般的黑发垂落到腰肩，褒河的流水，穿过整个褒国蜿蜒着流向东方，她的脸向着西方，美丽妩媚的眼睛里，隐约一丝忧愁，更添几分迷人。

她不会笑。从小便不会。

很小很小的时候她就缠着褒大问：爹娘，我不是你们生的吗？

褒大是个老实到连谎都不会说的人，他指着茅屋外面的褒河来的方向，刚要开口，他的妻子冲过来说：孩子，看着西边，褒河的上游，那便是你的故乡。

那么，我真的不是你们的女儿？她抬头问，噙着泪。

褒大夫妇俩摇了摇头，他们无法隐瞒，因为褒国的子民不可能长得那么漂亮。

于是很小的时候她就开始坐在褒河边沉思和遥望，向着西边，向着河水流来的方向，想着西方的模样，直到每天落日沉到她飘渺的故乡。

一年一年，褒河的水起起落落从她的脚边流过，一年一年，落日的余辉映红了她美丽的容颜。

十四岁的时候，她的已经是整个褒国谈论的话题，她的美貌在褒国无人不晓。

人们都说，坐在褒河边遥望落日的女子，是褒国最美的女子。

幽王还在催逼各地选送美女，褒珦的儿子褒洪德也在努力。

他不是为了效劳幽王，而是为了救父亲。

漫长的三年过去了。

这一天，他在收账的途中路过一个偏僻的小村落，忽然看到一个妙龄少女在井边提水，褴褛的衣着却掩饰不住每个动作的婀娜多姿。

他不由走上前去，然后惊呆了：粉黛桃花，双眸传神，国色天香，倾国倾城！

踏破铁鞋无觅处，得来全不费工夫，他终于等来了这一天。

如果能够求得这位绝色美女送给幽王，必能换回父亲出狱。

他暗中看清了这少女的去处，记住了她家的住处。

于是，终于有一天，褒姒的人生从此改变。

那一天，最后一缕光线都降到褒河上游的山谷里，当清清的褒河水不再能被看见的时候，褒姒站起身，向着不远处的的茅屋走去。

褒大夫妇在等她回来，她是他们眼里心里片刻不离的宝贝。

突然，茅屋被火映得通红。

屋外，是两排举着火把站立的兵士。

屋里，褒大颤抖的声音，不，我不能答应……伴随着女人哭泣的呜咽。

褒姒径直走进了茅屋。

然后她被举着火把的人群拥着带走了。

红红的火光，映在她美丽的脸上，却没有任何表情。

似乎，褒姒很平静。

带走她的，是褒珦的儿子褒洪德。

5. 进宫

褒姒离开了日夜奔流的褒河，离开了爱她宠她的父母，来到了褒府。

真正的美女找到了，可是褒洪德没有直接把她献给幽王。

这样贸然进宫太冒险。

他知道，还有不少事要做。

第一步，是必要的训练。

褒洪德很用心，不敢有一丝懈怠。

他给褒姒请来了专门的教师，轮番上课。每天上午在活动室由相礼师教给褒姒宫廷礼数，由乐师教给声乐唱歌唱曲和弹琴；下午由舞师教给舞蹈。

褒姒不仅天生丽质、艳如桃李，而且天资聪慧，学得十分认真，样样一学就会。

第二步，是必须的包装。

褒洪德给她请来了专门的裁缝师，用上好的丝绸，量身定做了合体的衣服。

三个月过去了，褒姒从一个小家碧玉出息成一个大家闺秀，举止文雅，气质高贵，却又掩饰不住天生的妩媚迷人。

万事俱备，只欠东风。

可是，在见幽王之前，褒洪德还有一件事必须做：去见虢公石父。

虢公石父大权独揽，没有人可以绕得过去。

不得已，褒洪德准备了一辆马车，上面坐着褒姒，还有一份金银财宝。

褒洪德没有资格进皇宫，他自已见不到幽王。但是他知道有一个人见幽王非常方便，这个人就是虢石父。

那份厚礼，就是为他准备的。

他恨他，父亲被关押就是因为他，可是他没有更好的办法。

他只能顺势而为。

于是，在虢石父的安排下，一切顺理成章，水到渠成。

褒姒和幽王相见了。

褒姒来到了宫中，来到了幽王的面前。

那是一张冰冷的脸，却透着一种摄人心魄的美。

幽王被褒姒那种冷冰冰的美丽折服了。久居王宫的男人，什么样娇艳欲滴的女人没有见过，可是就是没有见过褒姒这样曼妙妖娆的身子；什么样媚态百生的女人没有见过，可是就是没有见过褒姒这样冷冰美丽的脸。

一连十天，幽王就没再出寝宫门。

很快，狱中的褒珦被释放，官复原职，儿子褒洪德因进献有功，官升三级。

从此，幽王得到了一个经年不遇的尤物，和褒姒立则并肩，坐则叠股，食坐同器，饮则交杯，卧则同眠。

乐不思蜀，黑白颠倒。

那帮子大臣们不高兴了，可是也只能敢怒不敢言，或者连这也不敢，只能在朝门外傻傻地候着。

他们知道，虢石父那一天不高兴了，他们也许会落个和那位褒大夫一样的下场。

6. 琼台

不高兴的，还有一个人：申后。

申后的娘家，是威震一方的诸侯，申后是大家闺秀，是幽王明媒正娶、名正言顺的王后。申后非常贤惠，严守妇道，常年深居后宫，从不参与朝政。

幽王选美，她不知道；幽王得到了褒姒，她更不知道。

她只知道，她已经三个多月见不到幽王了。

是可忍，孰不可忍？申后脾气再好，终究还是忍耐不住了，就叫来后宫总管询问幽王的情况："近期大王休息可好，饮食起居咋样？"

后宫总管答道："大王生活很愉快，身体很好。"

"大王在忙什么？"

宫女们回来向申后报告说：周幽王正在盖房子。

周幽王在盖的并不是一栋房子，而是一座宫殿。

只是这个宫殿很小很小。

琼台，这就是周幽王为他和褒姒置的新家。

前事不忘，后事之师。在遇到褒姒后，周幽王脑海中迅速闪过了两对人：桀，妹喜；纣，妲己。

因为女人而亡国，周幽王不寒而栗。他知道，他对褒姒的爱的决绝之心并不比这两位前辈差。

周幽王虽不聪明，但诗书却是饱读的，这是当太子时打下的基本功。

周幽王仔细地分析了桀、纣因为女人而亡国的三大原因：

一、大兴土木；

二、嗜酒如命；

三、滥杀重臣。

因此，他给自己立下了三大准则：

一、不大兴土木；

二、不嗜酒如命；

三、不滥杀重臣。

加完三个“不”字后，周幽王长出了一口气。大周江山自此稳如泰山，至少在他手中。

琼台虽然很小，褒姒却没有任何的介意，只要幽王对她好。

况且，她并不是一个很有野心的女人，能够脱却劳累之苦自由自在地过完这一生，她已感到万幸。

周幽王把褒姒紧紧地抱在怀中，心中波涛汹涌。他没想到这个女人如此淡然，如此不斤斤计较。他发誓，以后一定要对她加倍的好。

一晃，半年过去了。由春转秋，天气渐凉。

申后的心更凉。这半年来，周幽王仿佛从她的世界中蒸发了。

申后气得浑身发颤，捏成拳头的手在剧烈地发抖，她让宫女打探幽王的去向。宫女回报："大王在琼台。"

"都有哪个妃子陪伴？"

"只有褒姒一人终日陪伴。"

"哪个褒姒？"

"是大王最近新选的妃子。"

申后越想越不对劲。我是正宫娘娘，幽王选新妃，我竟然不让我知道！

这个褒姒，何许人也？

她越想越生气，心中燃起无名烈火，她决定出击。人善被人欺，她恨恨地想。

申后忽地站起身来，对身边的宫女说："起驾去琼台！"

这是一个很好的午后，琼台花园里，黄色的菊蕊在这个秋天的阳光里诗意绽放，充满着蓬勃的生机，洋溢着温暖和幸福。

不用说，幽王和褒姒在那里玩得正酣，耳鬓厮磨，旁若无人。

褒姒折过一枝菊花，斜斜地插在了周幽王的头上，然后静静地看着他。

褒姒虽然不爱笑，但那种独有的美，完完全全把幽王的魂勾去了，以至于申后来到了面前，沉浸在幸福爱意的他们，竟然毫无觉察。

琼台的门忽然开了，申后闯了进来。幽王忍不住大吃一惊，抬头一瞧，申后竟站在了他们的面前。

褒姒虽然一愣，却并没有起身施礼迎接。申后气不打一处来，忍耐不住就骂了起来：“哪来的贱婢，在这里扰乱宫闱？”说着就要动手厮打。

幽王知道申后是冲着褒姒来的。按照规矩，褒姒早就应该见过王后，在这一点上，幽王和褒姒自觉理亏。

幽王赶紧站起身来，用身体挡住褒姒，对申后说：“不要乱来，这是本王新近选来的美人，是本王没安排她去后宫朝见，你不要冲她发怒。”

申后见到幽王这样护着褒姒，骂了几句“贱婢”，愤然离去。

褒姒很惊奇，问幽王：“这是谁？这样的凶狠。”

幽王回答说：“这是王后，按照宫廷的规矩，明天早上你去后宫向她问安。”

7. 两个女人的战争

依然是一个好天气，阳光穿过绿色窗纱，温柔地流连在褒姒的脸上。她鼻翼微微一皱，侧过身来，从床头拿过一枝栀子花，嗅了一嗅后，便放在眼前端详，接着微微一丝冷笑，手一松，花便无力地跌落在了地上。

她叹了口气，懒洋洋地起床，奴婢们伺候着她穿上了华贵的衣服。她面无表情地接受着这按部就班的程序，然后，便将所有人退下，她要彻底独享这个华贵的空间。

她开始对镜画眉，这是她最喜爱的事情，也是当初一个女人最大的梦想。

慢慢地画，慢慢地描，她那弯弯的黛眉被画成了细细的月牙，绽放着迷人的微笑。

可是，有人却微笑不起来，褒姒对着镜子梳了一天的妆，有人便倚在门前望穿秋水了一天。

这个人就是申后，她在等着褒姒来问安朝拜。

申后有着女人最大的荣耀，可对于她来说，此时却犹如最沉重的枷锁。

她的生活很寂寞，寂寞到看不见男人的影子。她的老公有无数娇艳欲滴的宠妃，且每一个宠妃的名分都堂而皇之。

她很痛恨，可是她无能为力。在无能为力中，她只好忠诚地来履行老公给自己定下的一个任务：以六宫之主的身份，管理这些妃子们。

每一个被王临幸后的女人，第二天一早都要来她这里报到，接受她的督导。

没人敢例外。这是规矩。

她在等着新人褒姒，而褒姒却沉迷在画眉中。

褒姒当然也知道这个规矩。她进宫第一天，就被告知了宫中的规矩。但对于她来说，知道等于不知道。

从身体被周幽王侵占的那一刻起，褒姒就暗暗发誓，从此后她再也不要向任何人低眉顺眼。

申后很愤怒。她已经失去了老公的身体，她再也不能失去老公赋予的权力。

申后还在克制，她是大家闺秀，她的父亲是雄霸西垂的申侯。

她暂时也不愿和褒姒发生冲突，这种乡下来的小姑娘是需要慢慢调教的。如果你立刻喊来训斥一番，说不定反而助长她的嚣张气焰，她会认为自己和王后已有对话的资格。

一个月过去了。一个月来，周幽王连派人问候一下申后都没有。

申后哭了，她突然有些神经质地大叫起来。

申后把自己一个人关在屋里，不吃不喝，每天都哭得昏天黑地。从小到大，她从未受过这般侮辱，尤其是这个侮辱还来自一个下人。

可申后并不知道，有个人在门外比她还要伤心：太子宜臼。

太子决定，要为母亲好好出一口恶气，要把褒姒打个稀巴烂。

几天又过去了，申后还是没有看到这位新妃的出现。

不仅如此，幽王又传来圣旨，不准任何人进入琼台，这个“任何人”，当然包括她这个王后。

不能进入琼台，也就没有办法向褒姒问罪，这就是说褒姒不归她这个六宫之主管了。这还是王后吗？她越想越想不通，不知不觉落下泪来。

可是，光落泪有什么用？得想个办法。

早晨，太子宜臼来到后宫向申后问安，见到母亲脸上印着泪痕，很是愤怒。

他已构思好了一个妙计。

第二天是上朝日，宜臼看见幽王上朝去了，就把东宫的十几个宫女集合起来，如此这般地吩咐一通。接着就领着她们来到琼台花园，自己找一个不显眼的地方隐蔽起来，两眼注视着琼台的小门。

秋后的琼台，愈发的美丽宜人，花园里，各色花朵争奇斗艳，花香阵阵，沁人心脾。

宫女们一见，喜爱非常，大家竞相采摘着，嬉闹着。

“这里的花太好了！”

“我们东宫没有这样好的花唉！”

“送给正官娘娘一定喜欢！”

有人不愿意了！她们正是琼台的宫女们。

“这是褒娘娘的花园，褒娘娘会生气的，大王也会不让的！”

褒姒听见动静跑出琼台，厉声责问：“谁让你们来摘花？”

东宫的宫女们根本不认识褒姒，听到问话，高声喊道：“我们奉东宫太子命令，来此摘花供奉正宫娘娘！谁敢不让！”

褒姒非常气愤，正要发作，太子宜臼冲了过来，左手抓住褒姒头发，右手上去就是一掌。

终于，宜臼教训了褒姒，替母亲出了这口恶气。

自小到大，褒姒没有任何人动过她一手指，哪里见到过这样的委屈！

纣王下朝回来了，褒姒披头散发，哇哇大哭。

然后，幽王明白了一切。

幽王很纠结，一边是王后和太子，一边是爱妃，一时还真不好办。

然后，褒姒的一句话，让幽王下定了决心：

“我被打死不要紧，可怜我肚子里的孩子，还没见天日，就母子同归。”

“什么，你有孩子了？”幽王非常惊喜。

惊喜过后，幽王立即当着褒姒的面传下旨意：

“太子宜臼宫内寻衅动武，好勇无礼，暂发去申国，接受申侯教训，立即动身，不得迟缓。东宫太傅、少傅辅导不力，削去职务。”

父命难违，宜臼不得已去了外公的申国。

应该说，太子宜臼躲过了一劫，因为褒姒受到了惊吓，毕竟母子平安，否则，不知会受到怎样的惩罚。

申后依然留在后宫，很安静，也很寂寞。

褒姒依然在属于她的琼台里，日夜享用着幽王的宠幸，很得意，也很无聊。

一时，两下相安无事。

8. 申后在行动

快乐宁静的日子，总让人感觉时光过得飞快。

从浅草如春到秋叶落尽，仿佛一转眼间，褒姒十月怀胎期满，顺利生下一个男婴，幽王给他取名伯服。

伯服聪明可爱，讨人喜欢。而且，褒姒的这个儿子，生性和他母亲不同，生下来七天就会笑，着实让人诧异。

光阴如水，一晃，伯服五岁了，幽王和褒姒看在眼里，喜在心里。

从心里感到高兴的，还有一个人：虢石父。

这位虢石父，凡事总要快人一步，他又看到了一个绝妙的机会。

他明白，要想牢牢保住自己的位置，必须牢牢抓住幽王的心，更要牢牢抓住幽王身边的人。

申后和太子宜臼是靠不住了，他只能选择褒姒和伯服。

要想达到目的，必须坚决地做好一件事：废长立幼。

尽管褒姒得到了幽王的无限宠爱，几乎可以为所欲为，但换太子，废长立幼，却也几乎是不可能的事。

很棘手！不要说王后和宜臼不会答应，单单一个申侯就很难应付。

可是虢石父最后做到了。

他要先发制人，扼住他们的咽喉。

申后的后宫，几乎成了冷宫，虽然依然有宫女们的忙忙碌碌，可是，几年过去了，幽王没有来过几次。

除了暗自落泪，善良的王后最放心不下的，就是远在申国的太子。

太子发配申国六年了，幽王没有让他回来过一次，这样长期受到幽王的冷落，时间再长一点，不知会是什么结果。她仅仅是思念，更多的是担心，这大王的班宜臼不知能不能接上？

申后很担心，毕竟夜长梦多，面对强势的褒姒，她不能坐以待毙。

必须有所行动。

接下来，申后给儿子写了一封信，大意是：

天子无道，宠信妖婢，使得我们母子分离。现在妖女生了一个儿子，更加受宠。你赶快给你父王上表，违心也要认错，请父王格外开恩，求得你父王的饶恕，尽早把你召回。你不能太耿直了，这是假装认错，以免除不测。其他事情等你回来，我们母子再做计议。”

书信写好了，还得找一个合适的人送出去，于是申后就开始装病。

接下来，申后让一个心腹宫女把自己的母亲叫来，假装看病，把脉时，趁机把书信交给了她，然后，她带着申后的赏赐准备离开。

可是，刚走到王宫大门，这位假大夫就被人拦住了。

结果，可想而知，虢石父已经等候多时了。因为，申后开始行动的时候，虢石父也在行动，申后的一切行动，都在他掌控之中。

结果，幽王很愤怒，申后被打入冷宫，太子申臼被废为平民，永不朝京。

结果，褒姒转正为正宫，儿子伯服立为太子。

群臣之中，很多人感到再也看不到混下去的希望，趁机告老还乡，幽王大手一挥，放行。

没有你们，我照样当我的大王。

很愤怒的，还有一个人：申侯。

我们已经知道，申侯是一个很厉害的人，有实力，有个性，不好惹。幽王的江山，因此埋下了祸根，当然，这是后话。

从此，幽王更加宠爱褒姒，日日欢宴，乐不可支。虢石父大权独揽，更加肆意横行。

9. 美人太冷

似乎，自从褒姒来到身边，幽王很兴奋，也很快乐。

除了褒姒的美丽，褒姒带给了他无比的新鲜刺激，他深陷其里，几乎无力自拔。

可是，除了尽情享用着褒姒的种种妙处，幽王望着眼前美到极致也冷到极致的脸，有时也不免愁眉不展。

他要让她笑，他要看看她笑靥如花的样子。

得到了她的身，得不到她的心？她不快乐，他也不会真正地快乐。

于是，幽王传下圣旨：“有能让褒姒一笑者，奖赏千金！”

重奖之下献计者踊跃，有说讲故事的，有说看杂耍的，有说看比武的，等等。

可是，褒姒看了都觉得一般，没有开口笑过一次。

一个宫女提出了建议，说上次褒姒说，丝绸撕裂的声音很好听。

“怎么不早说，王宫不缺的就是绫罗绸缎。”

幽王当即命令掌管王宫府库的官员立即进来一百匹绫罗，选派体质强壮的宫女专门在琼台用手撕裂绫罗让褒姒听。

褒姒听了，心中高兴，脸上显示出喜悦的面容，说：“好听，好听。”

但还是没有笑。

这时，虢石父向幽王献计说：“王后不笑，是她的欣赏水平太高，一般的事她都不觉得可笑，必须有非常可笑之事，王后才能一笑。”

幽王问：“什么是非常可笑之事？？”

虢石父说：“臣有一计策，保管王后能够开口一笑。”

关键时候，虢石父总是高人一筹，他说：“现在已经是春暖花开的季节，大王应该带着王后到骊山别宫观赏野外的春色。那里环境优雅，百花鲜艳，空气清新。在那里住上一段时日，一定会心情舒畅。大王知道，骊山有先王修建的烽火台，这些年没有战事，烽火台多年没用，大王到了骊山点燃烽火，进行一次军事演习，试验一下这战争信号各国诸侯忘没忘。烽火一点，各国诸侯带领兵马在骊山脚下集合，非常壮观。没有战事，各个诸侯再把兵马带走。王后看到千军万马召之即来挥之即去，大王那么有神威，一定高兴得开怀大笑。”

幽王听了非常高兴，连连说：“好！好！是个好办法。”

不久，幽王带着褒姒离开京城，来到骊山别宫。

10. 烽火戏诸侯

骊山，是秦岭北侧的一个支脉，远望山势如同一匹骏马，故名骊山。

骊山是一个好地方，温泉喷涌，风景秀丽多姿，这里建有幽王的离宫。

为了这次出行顺利，幽王派在京城辅佐他的郑国诸侯郑伯友打前站，把离宫整修一番。幽王和褒姒由虢石父陪同来到骊山，早有郑伯友在离宫门前等候。

褒姒下得辇来，看到近处蝶舞花艳，宫殿华丽，芬芳扑鼻，顿时精神百倍。再放眼远处，山谷蜿蜒，景色很美，不禁眼睛一亮，面露喜色。

“爱妃喜欢这个地方，我们就多住些日子。”

看到褒姒高兴，幽王当然也高兴。虢石父赶紧安排住下休息。

幽王他起身来到大厅，叫来虢石父和郑伯友，幽王问：“这里的烽火台多年没有使用，不知还好使不好使。”

郑伯友立即回话：“启禀大王，这几天我为大王打前站，早来这里几天，除了收拾离宫以外，还检查了烽火台，烽火台一切完好，烽火燃料储备正常，随时可以点火通报战情。”

幽王说：“这就好，今天晚上就点火一试。”

郑伯友一听，连忙说：“大王，这可使不得！这烽火台是军事设施，点燃这里的一个烽火台，相邻的烽火台就会相继点燃，很快千里之外的诸侯国都能看到。这烽火就是集结各诸侯国军队的战争命令。过去先王遇到战事，点燃烽火，各国军队很快就会集结在骊山脚下；没有战事，从来没有点燃过烽火。现在无故点火，各国军队都白来一趟，军马劳顿不说，等于向各地谎报军情。以后一旦发生战事，再点燃烽火，各国军队就不来了，后果不堪想象啊！这烽火万万不能点哪！”

“现在天下太平，没有什么事情需要动用军队。我和王后来到这里，没有什么好看的事情，只有点燃烽火，和各诸侯玩一次游戏，有什么后果与你无关！”

幽王生气了，瞪起眼珠子：“这事交给虢公办理。”

郑伯友还想说什么，知道幽王主意已经拿定，更改不了，低着头，叹着气走了。

褒姒果然对那些烽火台很好奇，就问幽王是干什么用的。

幽王很得意，说："那是一座烽火台，只要点着火，立刻就会在骊山脚下变出千军万马。"

"有那么神奇？"

"就这么神奇！不信，一会天黑我叫他们点着，你看壮观不壮观！"

烽火台是发布集结各诸侯国军队信号用的，在外寇来犯镐京附近的时候，点着火浓烟滚滚冲天而上，很远都能看见。近地诸侯见到烽烟，就带兵来救。

今晚没有战火，可是，为了自己的爱妃，幽王决心要玩一把浪漫。

一切准备就绪，好戏即将开场。

骊山的夜晚异常的美丽，离宫的高台之上，幽王和褒姒摆上了酒席，坐在那里推杯换盏。

突然，他们的眼前火光冲天，离宫观景台一片通明。

烽火点燃了！

这边烽火刚亮起，很远处也亮起了一堆火，接着一串烽火一个比一个小，一个比一个远，在夜幕里很是好看。

褒姒从来没有见过这样的风景线，连连说："真美，真美，比画还美！”

突然，远处响起了战鼓，号角。

接着，离宫附近也擂起了战鼓，响声连成了一片。

不一会儿，马褂銮铃，互相交织。一支骑兵来到山下，是那样的威武。然后，一支支队伍接二连三地集结到骊山脚下。几万兵马，灯笼火把，人欢马叫，彩旗飘扬，景象十分壮观。

离宫楼下，虢石父正在检阅部队，各国诸侯报告兵力，等待战争命令。虢公在楼下高声向幽王报告：“报告大王，各国部队集结完毕，等候大王命令。”

幽王在离宫观景台上站起来，一挥手：“骊山烽火多年没有使用，本王担心各国忘记烽火号令，今天特意演习一次，并无战事。各诸侯即可返回休息。”

话音刚落，一杆杆正在高举着的旗帜刷的都放了下来，队伍原路撤回。

褒姒看见烽火一起，果然来了许多军马，顷刻之间，招之即来挥之即去，好像演戏一般，很是惊奇。

幽王看着她，说：“这是逗你玩！”

褒姒一愣，不自觉地掩口大笑。

冷美人终于笑了，笑容果然十分美丽，如一朵待放的花，百媚横生。

幽王很满足，有说不出的高兴。

第二天一早，幽王传下口谕，虢石父献策有功，奖励黄金一千两。

一笑千金，烽火戏诸侯，这是大周天子幽王留给我们的典故。

据说，这样的游戏，幽王又照样演练了几次，直到褒姒不再感兴趣为止。

这故事已经流传了几千年，是真正的历史，还是又一种虚构?

骊山不仅是个很美丽迷人的地方，而且是个很神奇有趣的地方，不但产生了周幽王和褒姒的经典场景，也是后世唐明皇和杨贵妃洗浴的华清池所在，同时也是千古一帝秦始皇的墓区，更是蒋介石被张学良活捉的山头。

此地，貌似和倾覆大有干系。

而且，我们不久就会知道，幽王离死不远了。

11. 借兵西戎

褒姒笑了，幽王满足了，虢石父得意了。

“烽火戏诸侯，千金买一笑”的故事很快传遍了各诸侯国。

原国丈申侯当然很生气，当年的账还没有算清，现在又来这一套！

简直是胡闹！难道为了一个女人就不要国家了吗？

申侯很忧虑，他觉得自己有责任，就给幽王上了一道谏书。

当然，这一封谏书首先到了虢石父的手中，他正求之不得。

他要借幽王的手，除掉这个死对头和绊脚石。他来到后宫，亲手送上申侯的书表，书中劝谏说：“大王为了博得一个女人的欢心，千金买一笑已经是儿戏，平安无事点燃烽火，等于天子撒谎，诸侯已经不信烽火了，这是非常危险的。还有无端废长立幼，废掉王后，都是错误的。大王应该把心思全部用在江山社稷上，以国家大事为重，不应该沉迷于个人享受。

夏桀宠爱妹喜，导致夏朝灭亡；商纣宠爱妲已，导致殷商灭亡。现在大王宠信褒妃，无端废掉原配和长子，既失掉夫妇之义，又伤害父子亲情，违背周礼规矩，这是很危险的。这样下去，夏商两朝灭亡的悲剧就会在我朝重演。

申后和宜臼并无大错，希望大王收回错误的决定，恢复申后的正宫地位，恢复长子宜臼的太子地位，这才是正理。”

竟把自己比作桀纣！幽王暴跳如雷。

虢石父在一旁暗自高兴，见机添油加醋，煽风点火。

幽王越来越怒不可遏，下令免去申侯封爵，派虢石父领兵讨伐申国，拿下申侯和宜臼问罪。

申侯再强势，无论如何也不是大周的对手，可是，战争就在眼前，打得过得打，打不过也得打。

可是，申侯毕竟不是一般人。

你不仁，我不义，申侯做了一个大胆的决定：向西戎借兵！

西戎兵强马壮，彪悍勇猛，打仗当然没有问题。

事不宜迟，先发制人才能成功。申侯拿定主意，给西戎主写了一封书信，准备了一车金银财宝、一车丝绸布帛，派人前往西戎。

西戎主接到申侯送来的礼品和书信，非常高兴，慷慨表示愿意出兵相助。

就这样，申国和西戎结成了联盟。

12. 决战镐京

西戎发兵一万五千人，分成三队，左先锋孛丁，右先锋满也速，西戎主亲自带领中军，弓弩剑戟，长短兵器，威武雄壮。申侯领着本国军队倾巢出动。两支队伍浩浩荡荡，刀枪生辉，旌旗蔽日，急速杀奔丰镐。虢石父讨伐申国的军队还没有集结到位，申国和西戎联军就已经把镐京包围了三圈。

申国和西戎军队突如其来，幽王大惊失色。

虢石父一面调动军队固守城池等待救援，一面派人去骊山点燃烽火调动各个诸侯国的军队。

他以为，这样里应外合，里外夹击，戎兵必败。

一时，骊山上上下下，烽火熊熊，狼烟四起。

三天三夜过去了，守城兵士早已经精疲力尽。

烽火台上的烟火，没有等来一个救兵。

虢石父知道为什么，申侯知道为什么。

烽火戏诸侯，最后游戏了谁?

千金换一笑，美人一笑，何止千金!

最终，没有一个诸侯国前来救驾，他们大概以为他们的幽王又在和他们玩游戏。申侯和戎主不再担心后顾之忧，集中力量攻城。

幽王慌了手脚，眼看城池就要攻破。

幽王对虢石父说："城池难守，不如找个薄弱环节杀出城去。虢公先带精兵试探出城，我在后面策应，如能闯出搬动救兵就是胜利，如果杀不出去退回死守再做计较。"

虢石父领命而去。他知道自己的德行不好，不得人心。如果城池被攻破，他就是死路一条。闯出去保住幽王，自己或许有生路。

虢石父率领兵车二百乘，杀出城门，戎兵闪出一个小小缺口。申侯认出了虢石父，就对戎主说：“那个就是贼人虢石父，不能让他逃掉！”

戎主指着虢石父厉声命令：“谁能给我干掉这个贼人？”

孛丁应声而出：“交给小将！”说着，舞刀拍马，迎头截住虢石父。虢石父虽然武功不高，但是也必须拼命抵抗，两人车马盘旋打到了一起。

虢石父哪是孛丁的对手，应付了十几个回合，脑袋就轱辘到地上。

如此响当当的一个人物，虢石父活着的时候，绝对不会想到死得如此快，而且如此没有尊严。

二百兵车刚刚杀出城门，城门还没来得及关上，主将就阵亡了。后面的兵车就连忙退了回去，别住了大门。戎主和右先锋见机杀进门里，戎兵一齐跟上，杀奔城里。

城里大乱起来。

幽王正在调兵遣将，准备另选出口突围，见到城里乱了，知道戎兵杀了进来，赶忙把褒姒和伯服安排上车，从角门逃生。

郑伯友带兵赶了上来，高喊：“大王不要着急，臣保你出城。”

戎兵忙着从南门进城烧杀，围城的兵马减少了，郑伯友一杆长矛，一匹战马，带着一队人马，保着幽王从后门杀了出来，很快到了骊山。

郑伯友命令军兵再次点燃烽火，释放镐京告急信号。

等了很长时间过去了，依然不见一个救兵到来。

等待之机，大臣尹球等人也随着逃出城来的兵马一起来到了骊山，报告幽王："宫殿被烧，府库被抢，祭公被乱军杀死。"

幽王低头不语。

戎主杀奔王宫，四处不见幽王，有人报告有几拨人马逃奔骊山，就杀奔骊山，重新形成了包围圈。

戎主高喊："各位将领注意，千万不要让幽王逃走，抓住幽王有重赏！"

幽王在山上听到了戎主的喊声，吓得浑身瑟瑟发抖，和褒姒两人抱头痛哭。看来幽王爱褒姒是真心的，死到临头也舍不得分离。

郑伯友一看情况十分紧急，必须杀出一条血路，赶快逃离，对幽王说："大王不必害怕，这里距离臣下的郑国最近，臣拼死也要杀出重围，保护大王投奔郑国后，再度集结各诸侯国的兵马赶走戎兵，镐京丢了可以再夺回来，宫殿毁了可以再重建。只要大王安全，一切都好办。"

郑伯友也是武王的后代，和幽王同姓，辈分比幽王长一辈。郑伯友武艺高强，紧急关头，亲叔叔拼死保驾，这样忠贞，幽王非常感动，哭着说："本王当初不听叔父不让擅举烽火的忠言，才有现在的恶果，本王夫妇父子的性命就全部交给叔父了。"

虽然悔之晚矣，幽王能够说出这样的话来，对于郑伯友也是极大的安慰，也要把死马当作活马医，尽到一个忠臣的责任。他安慰幽王说：“大王放心，有我在，就有大王在。”

郑伯友说完，命令所有的人从后山撤离，然后放火烧了离宫。这面戎主只看见离宫着火，没有看见有人下山。火光挡住了戎主的视线，掩护了幽王的逃离。

郑伯友带领人马护着幽王从后山下来，在山下遇到了埋伏在这里的西戎小将古里赤。

郑伯友手持长矛与古里赤战到了一起，长矛对长枪，乒乓作响，几个回合就把古里赤挑下马来。

真是一个无敌的勇将。戎兵也不能白白送死，哗的闪出一个缺口。郑伯友抓住机会指挥众人冲了出来。大约跑出半里多路，戎兵从后面追了上来。郑伯友让尹球护着幽王车驾快速逃离，自己回身挡住追兵，边战边走。

追上来的戎兵都是骑兵，机动灵活，速度快于兵车，郑伯友在道路中间抵挡，骑兵从两侧野地冲过，很快就把郑伯友和幽王隔开，把郑伯友围在中间。

戎兵大将孛丁等人轮番与郑伯友厮杀。郑伯友长矛上下翻飞，越战越勇，戎将抵挡不了。戎主赶到，命令弓箭手四面放箭，一时间箭如雨下，郑伯友难以防护，死在乱箭之下。

一代忠臣，就这样尽忠了。

戎主和先锋满也速很快追上幽王。尹球根本没有武功，不会使用武器，被满也速一刀劈死。幽王的衮袍玉带从车篷露出，戎主认准是幽王，上去就是一刀，死在车上。

接着，伯服也被砍死。

褒姒在车上吓得抱成一团，哭声不绝。看到褒姒虽然满脸惧色，两眼泪花，仍然美貌动人，戎主没有杀她，准备带回西戎享用。

戎主从城北出来追赶幽王的时候，申侯才带来本国兵马从正门进入城内，看到戎兵烧杀掠抢的痕迹，心中很是不忍。一面指挥士兵救火，一面奔向冷宫，放出申后，父女俩掉下了眼泪。接着来到琼台，没有找到幽王、褒姒和伯服。

等申侯见到戎主，听到他傲气冲天地说："幽王被我杀了，尸体还在他的车上。"

"怎么？杀了幽王？"

申侯向西戎借兵，本意是兵谏，并没有杀害幽王的意思。

戎主不听他的。他叹口气说："老夫本意是教训一下幽王，最多就是逼迫他传位给太子。虽说是你杀的幽王，也是我借来的兵，假手杀人，后人也会认定使我弑君，反叛朝廷，留下不忠的骂名啊！"

不得已，申侯命人接收幽王尸体，准备仍以帝王的资格下葬。

可是，新的麻烦又来了。

请神容易送神难，战事结束，西戎却丝毫没有离去的意思，每日每夜在京城里吃喝玩乐，很是猖狂。

申侯很头疼，又费了好大的劲，约请各路诸侯，和西戎兵戈相见。

最后，西戎兵败逃走，褒姒从此下落不明。

有一种说法是，褒姒被西戎兵掠到西域，这位冷美人更加的忧郁，不久自缢身亡。

13. 结语

“一笑倾城，再笑倾国”，一笑何止千金?

伴着西周的灭亡，一起流传下来的，还有这样的一首文字：

良夜颐宫奏管簧，无端烽火烛穹苍。

可怜列国奔驰苦，止博褒妃笑一场！

让我们再回到开篇的那一句话，《诗经·小雅》说：“赫赫宗周，褒姒灭之。”所谓红颜祸水，仿佛周朝的灭亡完全是褒姒迷惑幽王所致，这女人不但蒙冤地下，甚至被写进文献里蒙羞青史。

这样的盖棺论定，无论是一种虚构，还是一种历史，都一定是不公平的。

此时，经过三百多年经营的繁华镐京，由于战乱和西戎兵的洗劫，早已经破烂不堪。西周从周武王灭商时算起，共经十三传十二王，历时三百五十一年，到这时遂告结束。

幽王在位十一年，大约公元前 770 年，在申侯的辅佐下，公子宜臼即位，是为周平王。

后，周平王迁都洛邑，东周开始。

骊姬：机关算尽太聪明

在历史上，骊姬是最没有神秘传奇色彩的一个。应该说，她是最真实的，可是，关于她的故事，却又最为扑朔迷离。

这位来自异域的女子，有着妖娆迷人的美貌，更有着异于常人的心计，可惜机关算尽太聪明，最后不仅惹起了晋国之乱，更因此把自己送进了不归路。

有人说，骊姬才是真正的红颜祸水，也许此言不虚。

1. 献公继位

周成王在位时，封幼弟叔虞为晋侯，传九世进入春秋时期。

春秋初年，晋国君权微弱，而国君的同宗大族曲沃庄伯及其子曲沃武公力量却很强大。公元前 679 年，曲沃武公灭晋，尽有晋地。

次年，周命曲沃武公为晋侯，号晋武公。

公元前 677 年，晋武公死，子诡诸立，是为晋献公。

在晋献公得到骊姬之前，我们先来说一下他的个人生活。

首先，他的正妻早亡，没有留下子嗣。

然后，他续了两个小妾，两妾与骊姬一样，也来自于西北的戎部落，她们分别为晋献公生下了具有异族血统的两个儿子：重耳和夷吾。

可是，晋献公最喜欢的，却不是这两个妾，而是晋武公的一个宠妃。

这个女子是齐国人，而且是大名鼎鼎的齐桓公的女儿。晋武公死后，儿子晋献公就把这个妙不可言的齐女接收了下来，齐女由原本睡在老爹身边的庶母，变成躺在自己身边的夫人。

这几乎就是卫宣公与夷姜事迹的翻版，当年的齐国女子看来是习惯于夫死嫁子的。

晋献公与这个齐国女子生了儿子申生，并立为太子，这个齐女自然也升格为第一夫人。

尽管晋献公对三个女人态度有别，但对她们生的这三个儿子却十分看重。

晋献公称得上是一位能干的君主。他内平祸乱，外拓疆土，使晋国空前强大起来。

应该说，此时的献公是幸福的，家庭稳定安宁，国内太平，百姓安居乐业，大臣恪尽职守。

一切的改变，是从一次战争开始。

2. 胜而不吉

幸福安宁的日子过久了，也会腻烦的，何况是几乎可以为所欲为的一国之君？

在那个遥远的时代，征战杀伐，攻城略地，仿佛是最平常不过的事情。或者说，最难以抑制和战胜的，应该是人的无休无止的欲望和无边无际的贪婪。

公元前672年，晋献公决定攻打西北的骊戎。

关于战争的起因，我们无法确知，不知是为了土地，还是为了美女。

按古代惯例，出兵征战之前，先要叫主管天象历法的官吏进行占卜。

占卜后，负责占卜的史官史苏对晋献公说：“此次攻打骊戎，是‘胜而不吉’。望大王还是停止攻伐为好。”

胜而不吉？很玄妙的说辞，意思是最好不要出兵。

晋献公没有听从史苏的进一步解释，也没有听从史苏的话，照样出兵，结果还真的打了胜仗，并俘获了骊戎最漂亮的美女骊姬和她的妹妹少姬。

在庆贺胜利的重大宴会上，晋献公为证明自己出兵的正确，同时也是为了奚落史苏这次占卜的“错误”，特意赐酒一杯给史苏。

史苏接过酒来，一饮而尽。可是，他并不认为自己的预言是错误的。

晋献公进一步责问史苏道：“寡人不但战胜了骊戎，而且还俘获了天下无双的美女骊姬。这不但是胜利，而且是大吉。真是大吉大利啊！”

面对国君，史苏当然不敢再加争辩。

离开宴会后，大将军里克问他为什么攻伐骊戎是“胜而不吉”时，史苏是回答到：

“骊戎有男子，却也有女子。今天晋国的男子战胜了骊戎，日后必然是骊戎的女子战胜晋国。”

里克追问道：“此话怎讲？”

史苏答道：“有史为证！夏桀战胜有施时，有施人把美女妹喜献给夏桀，结果夏因妹喜而亡；商纣王战胜有苏时，有苏人把美女妲己献给商纣王，结果商因妲己而亡。如今主上战胜骊戎，骊戎献骊姬、少姬二女求和，与当年如出一辙。况且主上宠爱骊姬，比起夏桀对妹喜、商纣对妲己的宠爱有过之而无不及，晋国怎么能不重蹈夏、商的覆辙呢？”

几年之后的事实证明，史苏的预言是正确的。

当骊姬被带到面前时，晋献公立刻被这带有异域风味的美女吸引住了。

白里透红的面容，犹如含苞待放的桃花；深邃明亮的眼睛，透出毫无惧意的野性，别有一种勾人魂魄的魅力；纤腰如杨似柳，却呈现出一种少见的韧性和强劲，自有一种叹为观止的美。

一切，都是晋献公所临幸过的女人中从没有见过的。

望着如花似玉、别具风情的异域美女，晋献公禁不住心猿意马，骨软筋酥。若不是有众文臣武将在侧，他早就按耐不住心中升腾的欲火，立刻把这个美人拥在怀里。

晋献公本来是准备接受群臣朝贺的，但面对如此动人心魄的美女，只是草草地应付一下，便宣布退朝了。

3. 第一夫人

一夜云雨，百般恩爱，从此奠定了骊姬在晋献公心中别人无法取代的地位。

自打得到骊姬后，晋献公全变了。不知这个西北女子使了什么妖媚手段，反正晋献公与她亲近得很，从此，原来的第一夫人齐女也失宠了。

关于晋献公与骊姬的亲昵关系，《国语·晋语一》中记录了一段非常精彩的细节：

有一次，晋献公失眠没睡好觉，转天对一个大臣说了。大臣很奇怪，问：“您夜里没休息好吧，是不是骊姬没有陪着您？”

原文是：“床笫之不安邪？抑骊姬之不存侧邪？”

《公羊传》也有相同的记载，年过花甲的晋献公，已经离不开骊姬。

更为要命的是，这位来自异域的女子，不仅天生美貌，而且工于心计，有着常人没有的野心和手段。

骊姬知道献公喜欢什么，更知道自己想得到什么。

如胶似漆，卿卿我我，骊姬一步步展开了攻势。

枕边风一晚一晚地吹，终于，晋献公被冲昏了头脑，他要让骊姬继任第一夫人！

献公的这一想法，正中骊姬下怀，或者，即使你献公不说，我早晚也会把这个事提上日程。

一国之母的废与立非同小可。在正式册封之前，献公特意找来太卜郭偃。

周朝在三公之下设有六卿——太宰、太宗、太史、太祝、太士、太卜。这太卜其实就是算命大师，主凶吉，算运程。

这次献公就想让郭大仙算算，要是立骊姬为夫人，是凶是吉？

郭偃使用那年的常用算命方法“龟卜”，就是在龟壳上刻字，然后拿火一烤，用水一浇。根据热胀冷缩的原理，龟壳必然裂开。壳一裂，噼里啪啦的声音好比是龟仙人在传话一般，即为“龟语”。听完“龟语”，查看裂纹，郭大仙便能算出运程走势。

结果一出，郭偃给了个“大凶”的测评。

晋献公不服，觉得迷信就是不靠谱，又找来同为六卿的太史苏，要他用另外一种方法占卜，苏同志引经据典，说得云山雾罩，末了的总结是：“未见吉也”。

含蓄倒是挺含蓄，不过还是不合晋献公的心意。

其实，原本晋献公只不过是假装民主，找太卜太史，就是想看到手下举手同意，好来个上顺天意，下和民情，没料到两个小弟不懂事，让老大碰了一鼻子灰。

献公忍不住发怒了，他当着太史苏的面发了一通飙，然后大手一挥，宣布择日册封，骊姬为夫人，少姬为次妃。

苏同志听罢，不敢做声。下班之后，在路上遇到里克，谈起此事，无奈摇头，叹口气道："晋将亡矣。"

里克听罢大惊，赶紧去找另一个当事人郭偃。郭同志对大势的点评倒没那么悲观，表示"晋乱而已，亡则未也"。

里克没再说什么。

其实，还能说什么，谁让你不是老大？只能静观其变。

后来的事实进一步证明，郭偃的话不幸而言中。

4."四人帮"

很快，他们轰轰烈烈的爱情有了结果。

晋献公十二年，骊姬生了一个儿子，取名叫奚齐，而骊姬随嫁的妹妹后来也生了一个儿子，叫卓子。

有了奚齐后，晋献公开始疏远他原来看好的三个儿子。骊姬看在眼里，喜在心里，着手开始第二步计划。

不久，机会来了，因为献公实在是太宠爱骊姬了。

一个国王，如果太宠爱某个王妃，那么，他就会被这个王妃牵着鼻子，像一条没有主见的牛一样。如果，他被王后给牵住了鼻子，那么，就更可怕了。因为在他的眼中，将只有宠爱，而没有是非。

不幸的是，此刻的献公就被王后骊姬牢牢地牵住了鼻子。

因此，一向刚愎自用、立场坚定的献公就成了骊姬手上牵着的一条无主见的牛。当然，献公的刚愎自用依然存在，不过，他刚愎自用下所传达的却往往是骊姬的行为意志。

与骊姬“腻”得越久，献公就越喜欢这个老婆。有一天，他终于绷不住了，直接对骊姬说：“我想把申生废了，让奚齐当太子。”

骊姬听了这话，心里这个美呀，可脸上却是一把鼻涕一把泪：“这可使不得呀。全世界都知道申生是太子，他会带兵打仗，老百姓也拥护他，太子无罪，您怎么能为贱妾废了嫡子而立庶子呢。您非要这样，我只好死给您看了！”

骊姬的这一番话，把献公给感动了，几夜睡不着觉。竟信以为真，暂时打消了废立的念头，更加佩服夫人的贤德。

当然，骊姬的这一番话语是言不由衷的。她心里恨不得马上立奚齐为太子，但她估量形势，觉得对自己不利：一来申生作太子时日已久，无故废立，群臣不服，必然有人百般劝阻；二来申生与重耳、夷吾相友爱，三公子各有党羽，申生地位难以动摇。

骊姬何等的聪明，说了做不到，惊动对方，反误大事。于是，骊姬百般劝阻，骗得晋献公的信任，当着献公的面虽然不断地赞誉申生，暗地里却派人四处散步申生的闲话。

不动声色，骊姬开始了行动。

她必须去找一个人：优施。

优施是谁?

首先，他的公开身份是晋献公的宠优，就是一个伶人，为献公唱戏的一个伶人，是国王宠幸的一个戏子。

优施长得面容白皙，形态声音都貌若女子，如果不用刚性的男性审美标准，那么，优施也可以算作一个美男，一个带点娘娘腔的美男。

优施不仅仅是一个单纯的伶人，他会的技艺很多，他的逗乐子的本领非常高强，得到了献公的万般宠爱。

他高超的搞笑技能不但掳获了献公，还掳获了骊姬，甚至把美丽的骊姬捕获到了床上。

所以，优施的第二个身份就是骊姬的情夫。有资料记载，献公万般宠爱的奚齐并不是献公的儿子，而是他优施的儿子。

优施就像一只巨大的杜鹃鸟，把自己生下的蛋，放在了献公的羽翼之下，而献公不但浑然不知，还其乐融融地加以看护。

优施和骊姬一番欢乐之后，身体和心灵都得到了极大的放松。开始策划如何帮助奚齐登上太子的宝座。

毕竟，太子的废立不是小事，知己知彼，才能稳操胜券。

骊姬说，奚齐要登上太子宝座，最大的障碍在哪里呢?

优施说，奚子登上太子宝座的最大障碍当然就是太子申生，因为，申生的太子职位一日不去除，奚子的太子宝座就一日不可有。

骊姬说：太子老实厚道，他的威胁性还不可怕，我担心，他日废黜太子申生时，反对最激烈的可能不是太子，而是其他的人。

似乎，骊姬比优施更聪明。

的确，除了申生本人外，对奚子登位威胁最大的还有另外两个人，一个就是长公子重耳，另外一个就是公子夷吾。这两个人，都很有能耐，又十分富有号召力，非常难以对付。

优施听明白了，说，我们应该先想法打倒申生，再击退另外的两个人。

可是，要达到这样的目的，只靠两个人个力量一定远远不够。

然后，骊姬又找到了两个人，一个叫梁五，一个叫东关嬖五，俗称“二五”。据《左传》讲，他们不仅是晋献公的朝中宠臣，更是他心爱的男宠。

高官，厚禄，真金白银的利诱之下，立场不坚定的“二五”，就很容易地被拉了过来。

就这样，骊姬、优施、二五，这个一女三男的“四人帮”组成了“铁三角”，分别进行三维立体式的公关攻势。

行动目标——废掉申生，改立奚齐。

5. 里克是谁？

这时候，有一个人看不下去了：里克。

里克是谁?

他是晋国史上最具影响力的大臣，很早就是晋国的上卿，也是晋国的大将军。

在晋国那些重要的历史年月里，里克够得上是一个革命的老前辈，可以说是晋国的开国元勋。

里克曾经是献公的老师，是曲沃武公时的太子太傅。晋献公的时代，里克除了担任晋国的大将军外，又兼任了下一代太子申生的老师，被献公任命为太子少傅。

无论从哪一方面说，里克都是一位举足轻重的人物，在晋国的地位和能力非同小可。

而且，里克的情报系统非常发达，从骊姬来到献公身边，他就密切关注着他们的一举一动。他从一些蛛丝马迹一般的模糊信息里，得出了骊姬将要对太子下手的判断分析。

他找到了太子申生，告诉他这个消息。

里克对太子说，您的庶母有很大的野心，她想以她的儿子您的兄弟奚齐来取代您的太子地位，太子殿下要加倍注意小心防范才是。

申生却不以为然，说，庶母到处说我的好话，她的内心未必会如此歹毒吧。

里克说，世人大多有两副面孔，忠诚如一的君子只是少数。况且，骊姬自然最爱护自己的儿子，仅仅凭着她母亲的天性，她也要偏袒爱护自己的儿子。如果她是一个品行高尚的人，最多不诋毁殿下就已经好到了极限。如今，她在某些场合诉说您的美好德行，这反倒证明了她内心隐藏的某些非份的企图。我还听说，她在另一些场合唆使他人散布谗害中伤您的坏话，太子殿下更要高度防备，谨言慎行。

然后，里克老师给太子申生打了一个通俗易懂的比喻。

美女蛇趴在墙上，您看到的只是美丽的人脸，而她的蛇身您却没有看到，等您看到她的真面目的时候，她可能已经把您吞噬了。

申生仿佛听明白了，说："里克大将军，您的话我会谨记在心的，我也会注意骊姬真正的言行举止。请大将军放心，大将军的赤诚我心领了。"

里克把话说到了，也不便再多说其它，便躬身而退。

也许，太子申生表面上答应了里克的请求，表示会注意防范骊姬，而内心呢，却依然认定骊姬并没有陷害他的意图和言行。

因为，申生太大意了，大意的背后，是他太良善了，在他良善的心里，他即使知道骊姬并非那么好，但总还是不忍把她想得那么坏。

在晋国，人们常说，长公子重耳是最忠厚有礼的君子，孰不知，太子申生还要比重耳醇厚百倍。

骊姬已经为太子申生烧起了一锅水，此刻水虽然还没有沸腾，申生却像一个青蛙王子一样还在那锅水里面快乐地游着，可是一旦那里面的水温高到一个限度的时候，青蛙再想逃命也是枉然了。

大将军兼太子少傅里克虽然没有讲述温水煮青蛙的故事，但他给申生讲述了一个美女蛇的故事。可惜，申生还是没有防范好他的美女蛇姐姐。

最终，美女蛇姐姐真的向申生张开了血盆大口。

一天，晋献公临朝听政。

梁五出班奏道："西戎近来又在骚扰我国边境，有些重镇不能不加强防守。曲沃乃宗邑之地，应该派有地位、又能带兵打仗的太子申生前去防卫；蒲城、屈城这样的边疆重镇也应该派像重耳、夷吾这样的贵公子去防守。他们三位既是高贵的王子，又都是有才能的人，派他们前去，一定能威慑住戎敌，使戎敌不敢轻举妄动。这样，既保卫了国家，又为几位公子创造了建功立业的机会……”

没等梁五把话说完，晋献公便说：“几位公子年纪尚轻，能担当如此重任吗？”

东关五在一旁说道：“几位公子年纪虽轻，但可以派人去辅佐他们啊。杜原款、狐毛、吕怡甥等人德高望重，有他们前去辅佐，保证万无一失。”

杜原款等人是晋献公所信任的正直大臣，也是骊姬觉得碍手碍脚的人物。

晋献公听东关五这样说，的确很放心，于是准奏了。

这样，骊姬通过“二五”实现了她一箭双雕的目的。她不仅把太子申生送到外地，连同重耳、夷吾和视为眼中钉的杜原款、狐毛等晋献公信任的近臣也一并发落外地。

至此，太子和几名近臣与晋献公的消息几乎完全断绝了。

调虎离山，支走太子和二位公子，使三人远居晋国边邑，彼此不能相顾。

频频得手之后，骊姬又开始策划关键的第二步：害死申生，谋夺太子之位。

他们的诡计是：借刀杀人。

借谁的刀？

谁的刀都行，只要能灭了申生。

接着，“四人帮”提议，应该让太子历练历练，为以后接班做好准备。最好的历练是什么，当然是领兵打仗。

献公点头同意。

原来周天子钦定时，准许晋国有一军的建制。现在献公为了历练太子，也不管天子的最高指示，擅自再扩一军。自己将一军，为上军。太子将一军，为下军。

新军操练已毕，太子申生得令，命他带着赵夙、毕万，出兵攻打耿、霍、魏三国。

申生一听，吓了一跳，平生第一次出兵就给这么重的任务指标。虽然都是些蕞尔小国，一举要灭仨也忒难了点。

当然要难，不难怎能战死沙场呢？这就是“四人帮”要的效果。

令人吃惊的是，申生在手下帮助之下，所向披靡，剿灭三国，凯旋而归。

时年西元前 661 年。

“四人帮”看着捷报恨得牙根直痒痒。原本料定申生必败，可以借刀杀人，怎料申生凯旋，大功一件，身价反而猛涨。

见此情景，老娘骊姬越来越替儿子奚齐着急。

无论骊姬他们如何心急，怎么说申生也算是齐桓公的外孙，无故杀之恐难以向武林盟主交代，所以他们一心创造的就是一个合理或看似合理的杀人借口。

一计不成，又生一计。

此番用计，还是借刀杀人，只不过借的方向不同。原来的耿、霍、魏三国皆是同姓的姬姓小国，这回的目标则是外族人赤狄皋落氏。

赤狄有6大部落：皋落氏、潞氏、留吁氏、甲氏、铎辰氏、廧咎如氏。初时皋落最强，如今山西昔阳县还有一个皋落镇。不过后来皋落受到晋国打压，势力逐渐走低。继而潞氏做多称雄，一度还与晋国联姻。后来潞氏内乱，惨遭晋国乘隙剿灭。尔后经历几番征战盘整，晋国终于彻底踏平赤狄六部。

这里面讲到的皋落氏走衰，便是这次申生所为，也间接的是骊姬所赐。

且说骊姬推荐申生去打当时赤狄最强的皋落氏，对于这份恨不得申生有去无回的苦心，献公马上表示充分的理解。

消息一出，大臣议论纷纷。太子少傅里克瞧着骊姬三番五次地把太子往死里整，实在看不下去，忍不住出来劝献公：太子是大王的爱子，国家的未来，哪能总带人去打仗呢？兵者，险也。要有个三长两短，如何是好？

没想到献公一听，沉下脸来，说了句：“寡人有9子，谁为太子，尚无定论，卿勿多言！”

里克哑口无言。大王的潜台词是：老子有9个儿子，申生死不足惜，哪个不能当太子！

回家之后，里克决定去找大夫狐突。

狐突是重耳老妈的爹，也就是重耳的外公。宝贝女儿嫁到晋国来之后，狐突举家跟着搬了过来，一直德高望重，可惜自从献公专宠骊姬，老国舅爷狐突便不再风光。

他听完里克的汇报，知道大事不妙。所谓“兔死狐悲”，申生虽然不是狐突的孙子，堂堂太子就这么枉死也实在说不过去。

忠臣狐突赶忙修书一封，暗送曲沃，分析利害，写道：“胜则遭忌恨，败则落口实，太子啊，不如逃吧。”

至于狐突自己，他看穿了晋国的昏暗政治，托关系找医生开了个病假条，从此休养，不复上朝。

再说曲沃这边。申生收到狐突的加急信，方知献公和骊姬存心要自己做炮灰，倒吸一口凉气。

太子太傅杜原款也劝他听老国舅之言肯定没错。可申生却表示：“君命不可违，战而幸死，还能被追封一个战死疆场的烈士。”

申生不肯违抗父命，执意寻死，草草出兵。

不过，同行的手下人却不想当炮灰，明知道死，他们还在想胜利！结果，个个奋勇向前，硬是没给申生寻死的机会，还把皋落氏的地盘一窝端，害得皋落氏战败之后只得搬家迁徙。

就这样，捷报传到绛都，献公和骊姬惊讶得半晌不吭声。

陷于郁闷的骊姬不由得先说了一句心里话："世子果能用兵！奈何？"

晋献公顺着接了句无奈的话："等等再说吧"。

6. 骊姬夜哭

骊姬很着急，情人优施劝骊姬耐心等待。

三个大儿子已然被调离中央，支援地方去了，大王喜欢奚齐，现在没有动手废掉申生，无非是没有借口罢了。

骊姬等人决定收拾心情，重做打算。此番夺嗣，只许成功，不许失败。一计不成，再来。

一夜，骊姬忽然失声痛哭起来，把同床的献公惊醒。

献公赶紧起身来哄。他问老婆所为何事，老婆就是卖关子，表示打死也不说。献公哪里放心得下，非问个究竟不可，于是故意说句狠话，"要真不说，就打死你算了。"

骊姬一听，终于慢慢回答："就算我说了您也不会信。我之所以哭，是害怕陪不了您多久了。"

献公听糊涂了，于是纳闷地问："何出此等不祥之言？"

骊姬就等献公问这个问题，惨兮兮地回答："还不是您那个宝贝太子。申生现在出名了，身价涨了，就渐渐不把您这老爸放眼里了。他在陪都曲沃广播仁义，培植亲信，粉丝众多。私底下还放出话来，说我这个后妈就是只狐狸精，妖言惑众。恨不得杀我而后快。这话大臣们差不多都知道，就瞒您一个人了。我的贱命本不足惜，怕就怕申生借口杀我，起兵清君侧，实则夺侯位，抢地盘。这样就太连累您了。"

杀人无数的晋献公听罢老婆之言，不禁笑出声来。他安慰道："这实在是娘子过虑了。纵然申生有反心，难道还敌得过我么？再说了，既然申生的形象是有仁有义，怎敢起兵弑父呢？不要名声了吗？"

骊姬早有准备，不紧不慢地回答："老百姓的仁义与官老爷的仁义标准不同。当官的只要能谎称利国利民、大局为重云云，哪有亲情？哪管民意？"

献公一听这话，说到自己心坎里了，不由得收敛了笑容。

骊姬继续说："再者，昔日幽王放逐世子宜臼。其后宜臼挥兵入京，弑父继位，是为平王。如今，世人只知贬低幽王之名，有人敢妄议平王之过乎？"

献公听罢，心中着实一凉，感慨道：“老婆大人说得在理。那你说，现在怎么办好？”

骊姬长舒一口气，跟优施排练多次的台词终于起了作用，献公到底还是中招了。

骊姬故意激将，表示没啥好办法了：“如今之计，最好就是您借口干了一辈子工作，想要歇歇了，主动退位养老，让申生回来做老大，说不定还能平安无事，度过余生。”

没等骊姬的风凉话说完，献公就已经听不下去了，忿然表示：“如果这样，老子虽生不如死！”

献公越听越愤恨，咬牙切齿地说：“悔不该当年听信二五之言，把申生分到曲沃工作，还增城驻守，误我！误我！”

骊姬赶紧出来替帮凶出头，感慨万千地说：“这怎么能怪二五呢。心地善良的他们那是被申生的仁义外表欺骗了。那时候，别说二五了，我也被蒙在鼓里。不然我早就冒死谏阻了。结果，事到如今……”

话没说完，骊姬又放声大哭起来。

献公赶紧安慰：“莫哭，老子谁都不怪，就怪不早点下决心立奚齐为太子，才有今日之困。莫怕，吾将图之。”

骊姬听罢，心中暗喜。看来这下老公是真的下决心要行废立了。

事不宜迟，骊姬赶紧出来建议：“现在申生要造反只不过是意念而已，我看不如再让他带兵出征。若胜，其意必骄，必有异状，咱早做准备，便可图之；若败，死则死矣，不死可以工作失利降罪，他人也无话可说。总而言之：活之，杀之，全在您一句话了。”

献公点头同意，骊姬就转哭为笑，娇艳如一朵花，惹得献公好一阵子激动。

7. 唇亡齿寒

儿子奚齐一日当不了太子，骊姬一日不得安宁，但也只得耐着性子等着，不能因小失大，露了马脚。

等着等着，晋国边境告急了。犯边者，虢国也。

骊姬马上跳出来，故伎重演，游说献公。要让申生再次披甲上阵，去灭虢国。她要从量变中求质变，不信申生一辈子洪福齐天。

但是这次，晋献公犹豫了。

晋献公的时候，两国成了死对头，献公早有灭它之心，现在骊姬提议申生出兵，他倒有些犹豫。

因为申生用兵屡胜，要是再胜，就更难废掉了。妇人之见，不能老听。于是，他叫来大臣荀息讨论对策。

献公问："架可打乎？虢可伐乎？"

荀息答："虢国有邻居虞国。晋虢虞皆是同姓之国，彼此接壤。现在虢虞两国睦邻友好，比为同盟。跟虢国打架，虞国肯定来帮忙。以一敌二，未见必胜。"

献公心中不服，想当年儿子申生领一军都能砸了三个国家的场子，老子一挑二都不行？

于是不满地说："莫非老子奈何不了虢国，任凭它下黑手？"

荀息连忙解释，表示刚才的分析只是强调问题的困难性："只是在下有一计，此计若成，事半功倍。"

然后，荀息如此这般，说了一通，献公不住点头称是。事不宜迟，马上安排下去，就这么办！

都是一国之君，都是身为男人，献公明白，他喜欢的，虢公一定也喜欢。于是毫不吝惜，挑选美女、白送钱粮，送往虢国。

虢公姬丑当然高兴，说晋国虽大，也不过如此，欣然接受了送来的礼物，从此勤于房事，荒于朝事。

送完这边送那边，献公听从荀息之言，又给犬戎送妞送钱。

得人钱财，替人消灾，犬戎很知趣地问晋使，要如何报答？晋使回答两个字——"伐虢"。犬戎实诚，二话不说，立马起兵。

哪知大军开过函谷关，竟然在桑田之地（山西灵宝稠桑村）遭遇虢军的伏击，戎军大败。消息传回犬戎，戎主气急败坏。

于是亲率大军，再攻。

虢公丑恃着前次大胜，也亲率大军，再守。一来二去，两军进入相持阶段，拉锯在桑田。

这，正是晋献公要的。牵扯了虢国的重要精力之后，下一步则是要赶紧分化瓦解虢虞联盟，趁着虢国空虚，从虞国境内偷袭虢国。这便是史上有名的“假道灭虢”之计。

可是，争取虞国站到自己这边可没那么容易。

不过，虞国的破绽也在于老大除了“钱权色”之外，他还特别钟爱两样东西，一是世上最好的璧玉，二是世间最好的宝马。

可巧，献公手上就有璧一枚，有马一匹，尽皆上品，都是好不容易才淘换到的物件。

荀息的意思是，让献公把自己所爱的上品璧马献于虞公，讨人欢心。这就如同敲门砖一般，荀息自信能凭他的三寸不烂之舌，说服虞公，弃虢从晋。

荀息在说服虞公之前，先说服了献公。因为荀息保证，一者此计必成，灭虢取虞，不在话下；二者事成之后，璧玉宝马，完好归晋。

献公盘算了一下，打算赌一把，先忍了，说了句“好”，就命人从府库中取出所藏璧玉，从马房中牵出所养宝马，交与荀息。

荀息重任在肩，出使虞国。

荀息初到虞国，虞公对他态度冷淡。后来一细问，送来的宝贝竟然是上等璧玉、良种好马，虞公哪里还睡得着，赶紧推掉手头工作，让晋使荀息赶紧觐见。

荀息表示："晋国此番借道不为别的，只因虢虞边境防守空虚，晋军就是想战之必胜，出一口恶气。如有所获，一切都归虞国所有！从此，晋虞通好，永为同盟，如何？"

虞公终于心动了。

虞国有两个贤臣，宫之奇和百里奚。两人都在接待仪式的现场，宫之奇一看老大被荀息的言辞蒙蔽，立马站出来劝说："大王，唇亡齿寒，虢若被灭，虞将何存！"

这便是"唇亡齿寒"成语的典故。

没等荀息开口反驳，虞公先说话了，表示："晋大虢小，为小虢失大晋，忒不值得！弃虢得晋，利国利民！功在当代，利在千秋！"

荀息大功告成，回国复命，献公大喜。

必胜之仗就不用"劳烦"儿子申生出手了，秣马厉兵之后，献公准备亲征。

这时，大将军里克站出了来表示："灭虢易如反掌，何劳大王亲自下手。再说，虞国现在虽然愿意假道，要是老大伐虢时，忽然后悔，那老大您岂不成了瓮中之鳖了吗？还是让小弟替您去冒这个险吧。”

晋献公一听，心中一凉：“还真是那么回事儿。”于是大赞里克忠心为主，即刻拜里克为大将，荀息为副将，借道虞国，杀向虢国。

结果，晋虞联手，虢国很快溃不成军。

如此，虢国被灭。

我们再回到上面提到的成语：唇亡齿寒。

虢国灭了，你虞国还长久得了吗？

结果，虞国当然被灭，虞公差点身死郊外。

荀息的“假道灭虢”之计实现了一箭双雕的效果，被后世膜拜。而且，荀息实现了自己的诺言，玉璧和宝马最后完好归晋。

假道灭虢，打乱了骊姬借刀杀人的计划，当然，太子申生也因此躲过一劫。

8. 拉拢“太子党”

应该说，这是一场非常成功的战役，里克自告奋勇地领兵灭虢灭虞，大功一件，却因此遭受骊姬一伙忌恨。

当然，这与申生有莫大的关系，因为里克是太子的老师，也就被他们贴上了“太子党”的标签。

看不了申生有好日子过的骊姬发了狠，叫来优施，要谋个铲除“太子党”的出路。

这时，优施似乎还有点冷静，保有分寸。当他被叫到床前嘱咐杀人计划的时候，优施明确反对这种极端做法。

优施表示：“此番出兵，荀息妙计，方才成功。按功劳，荀息在里克之上。所以太子党虽然得势，我们只要能拉拢荀息，也就没有太大影响。再说里克现在也是功臣，不能立刻下手，试探试探为妙。说不定两人都能争取过来。”

骊姬虽然愤怒不已，她还是知道能兵不血刃地争取敌人过来投诚是最好不过的。她明白荀息和里克在晋国政界有大象般庞大的影响力，所以现在必须做好两件事：第一，让自己的儿子拜荀息为老师。第二，拉拢安抚里克，凡事让他少插手。

她要给儿子奚齐找个强硬的靠山，挑来选去，她选中了荀息。

这荀息智谋过人，当年曾献假虞灭虢，以一壁一马而灭虞虢二国，颇受晋献公信任。因此，骊姬选中了荀息，她要把荀息拉过来，为己所用。

一天，正巧奚齐也在晋献公和骊姬面前，骊姬看着奚齐，对晋献公说道：“大王，妾看奚齐已到拜师学习的年龄了。诸臣之中，学富五车的人虽然不少，但德才兼备、又能使大王与臣妾真正放心的，唯有荀息一人。臣妾想请荀息做奚齐的老师，不知大王意下如何？”

一听此言，晋献公十分高兴地说：“夫人所言极是，与寡人的想法不谋而合，荀息确实是最可靠而又最为合适的人选。”

于是，晋献公下令以荀息为奚齐的老师。

如此，立荀息为奚齐太傅的决定马上得到了晋献公的同意。荀息二话没说，立刻走马上任。骊姬和优施互相点头致意。他俩明白，自此荀息就成了自己人了。

接下来，是说服里克。

一日，优施从演员暂时改行，做了回说客，借口给里克庆功，带着礼物去了里少傅府上。

那日酒席之上，里克和儿子里孟两人一起给优施作陪，算是给了一介戏子优施莫大的面子。

投机和卖弄永远是伶人的一大爱好，优施很卖力，席间献舞一支，为里克父子祈福。

里孟看完舞林高手的表演之后大呼过瘾，频频向优施劝酒，还亲自给他夹菜。

优施趁机说：“最近潜心创作，新得一曲，名曰《暇豫》。若有雅兴，可以在此献唱一曲。这曲子颇有深意，活学活用，可保富贵。”

一听是富贵之说，里克父子都来了兴趣，让优施便唱无妨。

《暇豫》这歌颇为有名，后来被收录在《国语·晋语》之中。歌词是：

暇豫之吾吾，不如鸟乌。

人皆集于菀，己独集于枯。

三国东吴时，博古通今、亲著《吴书》，最后惹恼孙皓而被下狱杀头的韦昭先生注释过《国语》。他解释，所谓“暇豫”，“暇，闲也；豫，乐也”，这里形容的是吾辈凡人的生活状态。“鸟乌”就是乌鸦，“菀”就是草木茂密的样子，“枯”就不用说了。

里克听完新曲，赞赏韵律不错，就是记不得在唱什么。

优施笑着把歌词又叙述了一遍，里克听明白了，歌词大意是说：“别看人们貌似悠闲自在，其实还不如鸟雀乌鸦。鸟儿知道要找茂密的树枝栖息，人却要傻不啦叽待在枯树之下。”

无疑，话里有话！

里克一皱眉头，却见到优施还是一副嬉皮笑脸的样子，也不知自己猜的对还是不对。里克心中有疑，故意问：“什么是菀？什么是枯？”

优施看里大夫特地问了这两个字，也明白他听懂了，听懂了就不用再卖关子了。

优施继而解释：“少傅想想，这树木好比是人，母如根，子如叶。根壮则叶茂，雀鸟才会栖息。咱们就好比这鸟。世上只有妈妈好，有妈的孩子像块宝。老妈好好的，儿子也就好好的，咱围着他转才有前途。反过来，没妈的孩子像根草。要是儿子现在还时常被人穿小鞋，继续跟着他混就没前途。如果某些人非要蹲在枯树之下，到头来连这棵树都被砍了，可得小心砸到自己。”

该说的都说了，优施托辞还要回家埋头搞创作，酒宴就此结束了吧。

里克送走优施，心中还在反复思忖。优施是骊姬一党，已经是朝堂皆知的事实。曲中没妈的孩子肯定就是太子申生，因为申生的老妈齐姜早年间已经去世，不然也不至于申生如此受气还没人管。

新曲《暇豫》的深意自己猜的肯定八九不离十，只是不知对手亲自上门来摊牌，心情郁闷之下，里克不进晚饭，早早睡下，可惜辗转难眠。好不容易熬到天明，还是忍不住要找优施好好交流一下。

里克跟优施说：“你的词意我已略懂。摆明了，枯树指的曲沃。咱俩打开天窗说亮话，该说的都说吧，谁也别瞒谁。”

优施装出一副诚恳的样子，回答：“唉，只因你是曲沃那头太子的老师，我才一直不知该如何对你开口。你可别怪我啊。”

里克急着赶忙举手发誓，保证道："你把实情告诉我，那就是帮我，我怎么会怪你呢？"

优施一看自己的表演天赋果然没有浪费,里克都这么说了，看来说服他不难啊。

优施马上告诉里克，说："献公早就心有所属，欲行废立。申生的好日子没几天了。里克老兄为何还要跟他站一头？奚齐必定会做新世子的。"

里克起初还有点不服气："凭什么？没到最后时刻，未可知也！"

优施鄙视地笑笑："夫人在床上，荀息在堂前。老大里里外外倚重的都是奚齐之人，申生哪还会有反败为胜的可能。"优施凑过去，压低了嗓门："其实，老大已经答应夫人，找机会杀申生，立奚齐！"

里克心说你不也跟他们一路的么？可惜，事到如今只能无奈地叹口气。里克说："跟着老大杀太子，这事儿我干不出来。可要是为了太子反对老大的英明领导，这事儿我也不会去做。"里克心里没谱,不知该如何表态,思来想去,只好反过来问优施："要是我保持中立，如何？"

优施呵呵一笑，很满意地说："只要你真心诚意保持中立，我可禀明夫人，保你无虞！"

里克假装汗流浃背，庆幸自己回答得还算正确。

优施开心至极，觉得自己真是相当有才。

其实，里克心里比谁都更清楚眼前的形势，于是第二天索性请了病假，一边休息去了。

他明白，更好看的戏还在后头。

他要保存实力，以静制动。

9. 蜂蝶

骊姬一看里克要搞中立，连朝都不来上了，欢心鼓舞，马上再生毒计。

一晚，她在床上又撒开了娇，央求献公，说："让申生回京一次吧，就说是我想见他。他来以后，我一定好生款待，但愿能多培养点感情，消除些隔阂。"

献公以为她是为日后打算，心说这小姑娘心地忒善良了，于是呵呵一乐，命人安排下去，让申生回家一趟，尽点孝道。

申生的确孝顺，不日到家，先拜老爸，再拜后妈。骊姬表现得极为殷勤，极具母爱。献公在一边看得挺开心，没想到骊姬不光床上有女人味，床下还母性十足，真不枉自己当初力排众议，立她为夫人。

当日，一家三口在骊姬宫中吃饭唠嗑，其乐融融了一晚上。

第二天，申生独自按礼节去骊姬宫中谢礼，没成想终于被无中生有，中了毒计。

当晚，骊姬又开始“夜哭”了。

献公心中可怜，抚慰再三，就想知道所为何事。

骊姬装着一副本不想说又不得不说的样子，哭诉申生对其进行性骚扰。

献公不由大怒，速问其详。

骊姬绘声绘色地描述当时的场景，说自己好心留申生吃中饭。哪知申生边吃饭边讲黄段子，还说现在老爸渐老，战斗力渐弱，而骊姬脸上美貌依旧，心中如狼似虎，正好跟申生相配。不要在乎辈分，当年老爸不就没在乎么？

献公倒还没太糊涂，他清楚申生在乎名节，此等人逆不道的话八成不是真的。骊姬一看献公眼神迟疑，知道他必有不信，于是说道：“要是你不信，改日我再约他一回。你远远看着，看你这宝贝儿子是怎么轻薄我的！”

信不信单说，献公杀申生早已是既定目标，倘若儿子真敢冒犯老爸的女人那就是个十恶不赦的重罪，杀之有名。于是真的同意改日观摩。

这是一个风和日丽的日子。

阳春三月，正是放风筝的好季节。

晋王王宫的后花园里，早已经春色满园，春意盎然了。

比那些鲜花更娇艳迷人的，是美人骊姬。

骊姬在花园里追着蝴蝶随风曼舞。骊姬不但是一个绝色美人，而且身体里正散发出一种独特的香味，引来了一只又一只的蜜蜂和蝴蝶。

在这万物复苏，杨柳妙曼的三月，骊姬是王宫后花园里一道最美丽独特的风景，因为骊姬往哪里一站，那里就彩蝶飞舞，骊姬移步到哪里，那些蜂蝶就会跟随她到哪里。

骊姬挥动衣袖，甩动轻盈的腰肢，与蝶共舞。远处观望，人体与蝴蝶已经融为一体，确实是一道美妙的奇观。

恰好，申生也在王宫的后花园内观赏满园的春色。

一群蝴蝶正沿着同一个方向飞去，仿佛像一群南迁的大雁，申生忍不住跟随着蝴蝶的方向而去。

骊姬是蝴蝶们的中心，蝴蝶们随着骊姬的舞步翩翩飞舞。

而申生也循着蝴蝶们的路径找到了骊姬，看到了骊姬曼妙多彩的舞姿。

作为一个有血有肉的男人，申生当然也喜欢观赏曼妙美人轻盈的舞姿，这是男人的天性与本色，与色情无关。

申生被骊姬的舞姿吸引，离骊姬越来越近。

然而，这正是骊姬精心设计的一个阴谋。太子申生为骊姬的舞蹈所吸引，却对骊姬的阴谋浑然无知。

骊姬正张开一张大网，等待申生的到来。

而太子申生呢，丝毫也没有发现这张巨网的存在。

他不但没有发现那张大网，此刻，他还欣欣然地向那张大网扑去。

这时候，骊姬迈着舞步，来到了王宫后花园的小土丘上。

申生正好站在小土丘的下面看她翩翩起舞，骊姬当然也看到了他。

骊姬身边的蜂蝶越来越多，围着骊姬飞舞。骊姬神色有些慌张，忽然侧脸吩咐道："太子，快替我赶走这些讨厌的蜂蝶！"

申生不敢怠慢，急忙跑上去，举起宽大的衣袖，前后轰赶着。就在申生轰赶蜂蝶时，骊姬故意左右躲闪着。

更要命的是，突然，骊姬的小脚一滑，小土丘的黄土陡然松动，骊姬尖叫一声，从那个小土坡上滑了下来。申生眼看骊姬要被摔倒，便以极快的速度拦腰抱住了骊姬。

哪知，骊姬在半空中就紧紧抱住了申生，并强行拉住申生的手放进了自己的怀抱。骊姬并以最快的速度撕裂了自己的外衣，露出了诱人的酥胸。

申生的脑袋一阵昏眩，内心一片空白。

然后，骊姬却依然死死地把他抱住，紧紧地倒卧在自己的怀中。

突然，申生的内心感受到了一股浓浓的寒意，他的内心一阵紧缩，感到自己坠入了一个深深的陷阱，摔下了无底的万丈深渊。

的确，太子申生已经掉进了骊姬精心设计的网罗之中。

当骊姬开始松开申生的手，跃出申生的怀抱的时候，一阵沉重急促的脚步声开始从不远处传来，很快，脚步声已经变得近在咫尺。

一个可怕的人出现了，他就是太子的父亲献公。

本就是一个圈套，说什么都没用了。

而此刻，刚才还一副荡妇模样的骊姬，马上摇身变成了一个节烈贞妇。

好一个骊姬，她“挣脱”太子的怀抱，跪倒在献公面前，伏地痛哭，一副情殇的样子，对献公低诉道：“太子侮辱了贱妾，贱妾已经不配侍奉陛下，让我死了算了！”说完，就向周围的荷花池奔去，摆出了一副寻死觅活的烈妇模样。

把个献公疼得，好像自己的心肝掉了一样，献公一个箭步，把奔跑的骊姬一把揽进怀里。他看到骊姬的脸也破了，头发披散了，外衣也被撕开了。

献公判断，这一定是太子申生这个孽畜所为，他的内心愤怒无比。

献公一边抚慰骊姬，说我的爱妃受辱，乃侮辱者可恨可恶，与我无辜的爱妃何干，爱妃的清白与节操全看在了本王的眼中，爱妃休要自责，待我为你申冤；一边抽出宝剑直奔申生，说你个畜牲，连你的母亲你也敢欺辱，天理难容，说完用剑向申生的脑门砍去。

幸亏献公已经老迈，幸亏太子的脚丫子够长，否则，太子申生当时就成了献公的剑下之鬼了。

回到后宫后，他立即就要下令处死申生。

骊姬见状，连忙跪下，婉言劝道："太子是我请到宫中来的，要是为了此事杀了他，别人还以为是我害了他。何况宫中暧昧之事，难以说清，此事若是传了出去，非但大王不光彩，臣妾也无脸做人，还是暂且饶了他吧。

晋献公觉得言之有理，只好忍下这口气，但还是把申生赶回了曲沃。他心中恨死了这个不肖的儿子，派人暗中搜寻申生的罪状，必欲置之于死地。

这一切不过是骊姬的精心设计，出发前在头发上大做文章，悄悄在发髻上抹了不少蜂蜜。

蜂蜜引来了蝴蝶，蝴蝶引来了申生，骊姬知道，蝴蝶也很快会引来献公。

可怜的太子，就像一只可怜的小鹿，被骊姬这样的狡猾猎人给下套了。此刻，他成了一个悖逆人伦的逆子。

10. 苦肉计

太子的另一个老师名叫杜原款，他也是一个反对骊姬而忠于太子的人。

这一天，杜原款到里克的府上登门造访，里克热情地接待了他。

杜原款来找里克，当然不是一般的交情攀附，他来的目的只有一个，商议如何保护困顿中的太子。

杜原款在宫中打听到了一个消息，献公即将对太子采取不利的行为。

杜原款利用他在王宫中的地位打探到了骊姬劝说献公除灭太子的真相，太子如果不尽快离开都城，灭顶之灾就会来临。

杜原款因此前来和里克商量应对之策，他们经过大脑碰撞后的结论是，太子必须马上离开京城，只要及时消失在献公的视线范围之外，经过若干时间的淘洗后，献公才可能恢复对太子的亲情而饶恕太子的过犯，尽管这种过犯只是骊姬的捏造而非一种真实。

杜原款对里克说："献公已怀疑太子有谋反之意，如果久居京城，献公的怀疑就会加重，从来，在位的国君对于有反意的储君都是欲除之而后快的，到时，等不到骊姬等人的再次谗害，太子恐怕就要人头落地了。”

里克也看到了问题的严重性，他对杜原款说：“先生说的极是，太子不可久留京城，待下来的时间越长，作乱的嫌疑就越大，而且，献公没见到太子就会加强猜忌，增加恨意，迟早要对太子动用刀兵，此种情景对太子的处境极为不利，先生今日冒险到我的府上，真是令我里克太感动了。”

杜原款说：“里克大将军，您的话提醒了我，如今骊姬得宠，朝廷内外到处是她的耳目，今日我登临您的府上，必为她的耳目所探悉，日后如果骊姬发动反扑，你我必将受到她的打击，大将军您武功盖世，战功卓著，在大晋国内有常人难以企及的威望和影响力，只有您，才能真正保护太子的安全，太子今后的政治前途甚至身家性命都寄望在将军您的身上了。”

里克说：“先生此言何意？”

杜原款说：“里克大将军，将来献公报复太子的时候，也是他的两个老师遭遇患难之时，将军比我贤能，更有保护太子的实力，如果我们两个都遭遇杀身之祸，那么，太子就更危险了。所以，为了太子的未来，我们中必须有一个得活下去，我虽然没有太多的能力，所幸还不怕死亡，到时就让我的死亡换来您的生存，来保护太子的前途吧！”

里克非常感动，对杜原款说："先生的赤诚实在让里克万分钦佩和感动，先生不必担忧，凭着上天对我们的护佑，你我都不会有事的，我们一定能目送太子登上王位，看到晋国走出混乱的，我们一起努力，骊姬倾乱晋国的阴谋就一定不会得逞。"

杜原款说："里克大将军，我也相信骊姬等人的阴谋不会得逞，但是，在保卫太子和大晋江山的过程中，必将发生流血行为，我没有别的本领，但是流血是可以的，我希望我的流血能换来太子的安全和国家的安宁，那样，我就死而无憾了。"

又说："今日我来到您的府上，他日必将牵涉到您的头上，为了太子为了晋国的社稷，大将军您必须活着，所以，我恳请您对我进行鞭打，羞辱我，把我赶出您的府门之外。这样，就能洗刷您庇护太子和我的嫌疑，为以后的斗争留下最坚强有力的力量。"

这就是未雨绸缪，杜原款为了让里可能够应付以后的政治风暴，提前上演了一场苦肉计，使里克逃过了一次致命的劫难，也为日后的政治大对决埋下了坚实的有生力量。看来，杜原款虽然只是一个文人，但是他的政治远见还是不容小觑的。

里克果然在自己的庭院中鞭打了杜原款，并且大声呵斥他说："申生虽是我尊敬的太子，但我只忠于现在的晋国国王，我不想谈论太子和君王的任何恩怨，如果有谁敢在我的私宅中谈及太子和君王的恩怨者，我必将羞辱他，杜原款就是最好的榜样。”

里克鞭打完杜原款之后，忍不住回到里屋伏案痛哭，他是为太子的处境而哭，也是为杜原款的忠诚而哭。

里克驱逐杜原款的事情很快就传到了献公的耳中。献公对左右感慨道，里克虽是太子的老师，但毕竟也曾经是我的老师呀！

随后，里克马上采取行动，派出了大量的侍卫，秘密护送太子离开京城，回到了自己的封地曲沃。

11. 毒计

太子申生暂时躲过了一劫，但是针对太子的政治陷害却还在继续。

尽管太子远避曲沃，但是骊姬还是不肯放过。

一个更大的阴谋在她心中酝酿了出来，这将是她打出的一记重拳，针对申生，她希望这是她的最后一击。

这次阴谋事件发生在献公即位的第二十一年。她力求在这次的阴谋活动中，把太子置于死地。

这一年的秋天，太子从曲沃前来京城朝拜自己的父亲献公，尽管现在太子把主要的时间和精力都放在了曲沃，但是，定期到首都朝拜自己的父亲还是必不可少的。

朝拜完毕，太子准备在京城待上几天就返回曲沃，和他以前通常的朝拜活动一样。

这时，骊姬找到了他。

骊姬冒充献公的名义，假意告诉太子说：“你的父亲梦见了你的母亲齐姜，你的母亲要你赶快回到曲沃的齐姜庙去祭祀她，然后，你必须把祭肉送给你的父亲，这是你母亲在梦中对你的托付，你无论如何要对母尽孝，完成他梦中交托给你的使命。”

太子领命而去，太子的老师杜原款在驿道上拦住了申生。

他对太子说：“尊敬的太子殿下，骊姬这是在欺骗你呀，她冒充你父亲的名义，假传圣意，编造虚假的梦境，目的就是要陷害你呀，你应该去询问你的父亲，拆穿骊姬的阴谋，怎可欣欣然地装进她设下的圈套呢？”

太子说：“老师呀，我何尝不知道这是骊姬的诡计，但是即使我把这件事告诉了父亲，父亲依然会赞赏骊姬的聪慧而不会指责她的虚妄，因为父亲会认定，骊姬以一个善意的谎言来带动我对母亲以及父亲的孝敬，品格是何等的高尚。而且，作为人臣、作为人子，我理应早日去祭祀我的母亲并且给父王送去祭肉呀，而我没有及早行动，在骊姬的‘提醒’下，还上告于父亲，岂非被父亲认为不忠不孝而且无礼吗？徒然伤害自己罢了，又有什么可取之处呢？”

杜原款听后，也觉得太子分析得有理，只怨献公一心宠爱骊姬，什么事情发生后，献公总会朝有利于骊姬的方向去思考，这样，即便是骊姬对太子的诓骗陷害，在献公那里，也会被解读为对太子的另类关怀与爱护。

杜原款拱手拜别太子，深情地凝望着太子申生，说道：“太子殿下一路保重，务必万分小心，老奴这就告退了！”

太子满含深情，目送老师离去，然后策马赶回了自己的封邑曲沃城。

而此刻正在京城的里克，也深深地感到了不安。但是，里克听从了杜原款的建议，对太子的事情装出了一副漠不关心的样子，仿佛他已经完全不是太子阵营内的人物，甚至，根本就不是太子的老师一样。

太子回到自己的封邑后，马上到齐姜庙进行了祭祀。

祭祀完毕后，他又策马把荐享过的祭肉运送到京城，准备恭恭敬敬地把那些祭肉上奉给自己的父亲。

他的父亲当时正好在野外打猎，太子只好把肉放在了宫中。

其实，狡猾的骊姬已经精心地算计好了这一切，当他知道太子在这一日将来宫中敬奉祭肉的时候，骊姬早在头一天就鼓动献公出外围猎了。

这天，即使献公不到山野打猎，也会被骊姬唆使去干点别的什么，干什么不要紧，只要能够把献公支出宫外就行。

因为只有把献公支出王宫，骊姬才能放手开展她的阴谋。

太子犯下了一个致命性的错误，献公如果不在，他就应该把他的祭肉带走，总之不能让祭肉离开自己的视线范围，更不能让祭肉脱离自己的看管，只有这样，祭肉才不可能成为陷害的陷阱。

遗憾的是，太子不但让祭肉离开了自己的视线范围，更把祭肉事实上交给了其他的人等，陷害的陷阱就这样向敌人敞开了。

太子不是不聪明，而是太单纯了，正如从前优施所分析的那样，忠厚正直的人即使最聪明，也不会用这种聪明才智去陷害别人，甚至不愿意运用他的聪明才智来防范自己的敌人。

其实，太子也预见到了某种危险，但他最后还是打消了这种防范的念头，他把祭肉放在了王宫，然后就到自己的住所下榻，等待他的父亲的召见。

六天里，骊姬悄悄地在酒肉里下了毒。

六天后，献公终于回到家中。

晋献公由于旅途劳顿，又饥又渴，拿起一块胙肉就要吃。骊姬连忙劝阻说："从外面送来的东西，可要当心，别吃坏肚子。”

晋献公觉得夫人对自己真是关心，顺手把手里的胙肉扔给了猎狗。猎狗叼起胙肉，几口吞进，眨眼间四脚朝天，口吐白沫死了。

骊姬见状慌了，声色俱变：“这，这是怎么回事？难道里面有毒？”说着，举起酒杯，将美酒倒在地上，但见美酒洒过的地方，地面即刻鼓起，窜出淡淡的蓝烟。

骊姬仍不相信，又拉过一个小内侍，喝令他再尝酒肉。那小内侍已亲眼目睹了方才的一切，连忙跪地求饶。骊姬哪里肯依，命令身边卫士，强行灌酒塞肉。可怜那小内侍，酒肉才入口，便鼻孔出血，倒地死去。

见此情景，骊姬一声尖厉的吼叫，扑在地上就哭。边哭边说：“大王，太子怎么竟下这样的毒手！谁不知将来的王位是他的，可现在就等不及了，竟要把大王毒死。他也太狠心了。大王，您要是有个三长两短，我们娘几个可怎么办哪？”说着，伸手去抢酒肉，大叫：“奚齐，快来呀！咱们趁早死了算了。”

晋献公扯住骊姬，双手搀起，连声痛骂道：“这丧尽天良的畜牲！上次他对你无礼我就要治他死罪，你还替他求情。这回不许夫人多嘴，我一定要杀掉这个畜牲！”

第二天，晋献公怒气冲冲地登上朝堂，以申生逆谋遍谕群臣：“申生下毒，谋逆君父，罪该处死！”

群臣面面相觑，哪敢说一句话！

就在群臣鸦雀无声的时候，一人站出来，同仇敌忾地表示太子的做法忒缺德行，自己愿意领兵攻伐曲沃，为老大分忧。

说这话的便是东关五。不消说，“四人帮”之一，早有准备。

献公闻言大喜，赶紧下令，东关五为将，梁五副之，率两百乘，讨伐太子。临行前，晋献公嘱咐再三，说申生屡次用兵，胜绩不断，两位大将务必小心行事。

太傅杜原款得知此事，催促申生赶紧启程，出奔避祸。申生却摇摇头，老调重弹，说什么父命不可违。况且出奔他国，家丑外扬，给国家抹黑，不是君子所为。

献公二十一年的十二月戊申日，太子申生，留下遗言，大哭一场，北向跪拜，自缢而死。他以孝道的名义，以道德的名义自杀了。

终于，申生还是死了。死于父亲献公的威逼，死于骊姬一伙的计谋，也死于自己的愚忠和善良。

有人告诉献公，说太子行凶后之所以能逃跑，就是因为他的老师杜原款把国君要捕杀太子的消息泄露给了太子，太子才得以逃脱。

梁五、东关五兵临曲沃，申生已死半日。于是，他们便把太傅杜原款押回京城。

晋献公让杜原款证实太子谋逆之罪。杜原款振臂大呼：“说太子谋逆，真是天大的冤枉！杜原款所以不随太子去死，就是为了表明太子的心志。胙肉美酒已存留六天，若是有毒，岂有日久不变的道理？”

骊姬大叫道：“杜原款空为太傅，辅导无能，还不赶快杀了他！”

杜原款不待武士扑过来，便以头碰柱，脑浆迸裂而死。群臣见了，无不流泪。

杜原款虽然死了，但是他从前预演的苦肉计却拯救了里克。

在杜原款的规劝建议下，里克现在很少直接参与辅助太子的行动了，他表面上看，似乎成了和太子形同陌路的人。

当有人提议献公在杀掉杜原款的同时，也不要放过太子的另一位老师里克的时候，也有人举出了不能杀害里克的理由。不杀里克的理由就是，里克最近很少参与太子的决策活动，并且对国王表示过高度的效忠，最重要的是，里克曾经鞭打了登门拉拢里克的杜原款。现在既然杀死了杜原款，那当然就不能杀死曾经坚决反对并且鞭打过杜原款的里克了。

而且，里克在军队里素来就有非常高的威望，杀死里克，必然引发更大的动乱，把本来已经宣布脱离太子阵营并且表示要效忠国君的里克杀死，完全不符合献公的政治利益。

这就是献公只杀杜原款并不杀害里克的原因，若干年后，里克的作为肯定会令献公、骊姬等人感到大失所望甚至是追悔莫及。

献公如果此刻杀死里克，那么里克只是一个将军，献公没有杀死里克，才使里克在日后蜕变成了一位刺客。

作为将军的里克活着，作为刺客的里克才能茁壮成长。

12. 善良的代价

太子申生死了，他在曲沃自杀了。

虽然杜原款以生命的代价通知他逃离了京城这个虎穴，但他不堪心灵的压力，最终还是死了。

在那样的一个春秋乱世，与其说他死于善良，不如说他死于愚蠢。

他是一个善良的好人，但最终却在痛苦中死去了，他实在不适合在如此残酷的政治场上混。政治场上需要凶徒和流氓，不需要他这样的君子和好人。

优施鼓动骊姬迫害申生时，曾说："必须先从太子申生开始。申生为人谨慎不喜欢惹事，受不得辱，而且年长稳重，又不忍心害人。那受不得辱的人，就容易羞辱；稳重而不灵活的人，就可以找他的毛病；不忍心害人的人，就只能自忍。可以对他最近的行为进行诬蔑。"

又说："懂得羞耻的人才可以羞辱他，即使性格再稳重也会动摇的。如果一个人不在乎羞辱，那就是流氓，羞辱他又有什么意义呢？现在夫人内得君心，外受宠爱，你说一个人好话或坏话，国君没有不相信的。如果你表面做出善待申生的样子，私下用不义的罪名羞辱他，那他的意志没有不动摇的。我还听说，过于有道德洁癖的人近于愚蠢，这种人一旦受辱，就会愚蠢得不知躲避祸难。"

"不忍心害人的人，就只能自忍"，"过于有道德洁癖的人近于愚蠢，一旦受辱，就会愚蠢得不知躲避祸难"，优施的这两句话实在是总结得太精妙了。以当时的历史环境，申生已经逃离了险境，并且很容易就流亡到国外，完全不必寻死，可他却死了，他死在"不忍害人"和"以道德洁癖而不知躲避祸难"。

优施和骊姬真的点中了他的死穴。

当太子申生逃到了曲沃之后，献公准备派出晋国的中央军围剿曲沃城。有策士对太子说："放毒药的是骊姬，这并非是很难查明的事情，太子殿下只要派出密使前往京城向大王陈明，是不难查明的，就是太子殿下亲自前往陈明，也是不难消除误解，陈明真相，洗刷您的冤屈的。您为什么不去向您的父王说清事情的真相呢？"

可是太子申生却对自己手下的这个谋臣说："唉，我的父亲老了，他现在真心地宠爱着骊姬，如果他老人家没有骊姬的话，睡觉就不会安稳，吃饭就不会香甜。如果我面见父王，把真相挑明了，父王就会向骊姬发怒，甚至会杀死骊姬，这样一来，我父王晚年的生活就不会有愉悦的心情了，我作为他的儿子，怎么能够让我父王的生活受到干扰和冲击呢？这是万万不可以的。”

真是有点迂腐，面对骊姬的迫害，他不去瓦解这种迫害，就独自一个人忍受这种迫害了，而且他对父亲也表现得过于富有道德责任了，糊涂！

又有手下的另外一个谋士对申生说：“太子殿下，您为人良善，甚至不肯伤害那些迫害您的敌人，这确实是伟大无比呀！如果您不肯如此，那么，逃往别的国家不失为一种图存的策略，如今流亡国外的诸侯国政治人物也是成群结队的，以您这么高洁的品德，不知会有多少国家愿意接纳厚待您啊！您为什么不率领我们立刻逃往第三国呢？”

应该说，申生如果秉持自忍的精神不愿伤害迫害他的骊姬的话，流亡他国也不失为一个好的主意，也确实如那位策士所说的那样，当时，各诸侯国的政治反对派流亡他国是一个潮流，并非是一件可耻的事情，而且，以申生的品德和名望，确实有很多诸侯国愿意接纳他。

不说别的，申生的姥姥家齐国那么强盛，就很欢迎申生到他们那儿去流亡！一来，有亲情作为纽带；二来，申生无论在当时的晋国国内，还是在各诸侯国之间的“国际社会”中，都享有很崇高的地位，齐国收留申生，很容易在适当的时候，再护送他回去登基，扩大齐国的“国际影响”。不论从亲情层面，还是从政治利益方面，齐国都愿意把筹码押在流亡的申生身上。就是以后来里克在晋国如日中天的影响，太子申生返国登基也都是一件易如反掌的事情。

可是，我们这位可爱的太子，再次拒绝了他手下谋士要求他流亡国外的请求，他对他的左右说：“今天，我毒害父王的事情已经传遍了列国，我背负着弑君杀父的恶名，哪个诸侯国愿意收留我呢？我活在世间还有什么意义呢？我不如自杀算了。”

其实，这都是申生自己的道德洁癖在作怪，诸侯们谁不知道申生是被冤枉的？就算他真的弑君杀父，诸侯国出于政治利益的考量，也是会收留他的。

太子申生是个悲剧性的人物，是骊姬阴谋诡计的牺牲品，同时也是他所信奉的观念的牺牲品：既已知道罪魁祸手是谁，却为父亲的“幸福”而不愿揭露；出逃本可以成为一条出路，却以自尽来证明自己的清白。

实际上，他还可以有更好的选择，完全可以既避过陷害，使搞阴谋者得到应有的惩罚，又以此来表明对父王的忠诚。

他最终还是选择了死亡。

这是一种抗议，还是一种解脱？

可是，他的敌人会和他一样信守道德吗？能理解他的这种抗议吗？

13. 秘密行动

里克效忠的主人死了，里克该怎么办？

是追随太子殿下以身殉主，还是继续站在大晋国的历史舞台上等待复兴的时机？

生存，还是毁灭？这是一个严肃的问题，不仅对莎士比亚戏剧中的哈姆雷特这样，对两千六百多年前的晋国大将军里克也是如此。

有一段时间，里克真想一死了之，因为人死了，就什么都不知道了，感受不到欢乐，但更感受不到痛苦。

如今，他的痛苦总是多于欢乐，如此哀痛，还不如一死百了来得痛快。

原先，杜原款鼓励自己一路走下去，那还有保护太子的使命，但是如今太子却死了，他里克没有能够履行对杜原款的承诺，活着还有什么意义呢?

但他最终还是打消了死的念头，因为他突然看到了整个大晋的社稷以及他的未来。他最终发现，他留下来或者可以阻止晋国的进一步哗变,阻止大晋江山变色,捍卫大晋国的王室正统，这可能比捍卫太子本身还要来得重要。

因为发现了这个更为重要的使命，里克放弃了死的念头，他想，即使将来要死，他也要以身殉国，而不是在现在这个时候。

也就是说，里克如果不死的话，他就可以更好地保卫大晋的江山。就是最低程度，也可以实现为太子复仇的目标，即使太子的在天之灵反对复仇，为太子洗刷冤屈总是可以的。

里克正在评估晋国今后的政资走势，他像一个股票投资者一样在推演着政治斗争的发展趋势，并且同时琢磨着应对未来的战略计划和进取方向。

里克的第一个政治推断是，晋国的太子职位已经铁定落在了骊姬的儿子奚齐手上，已经没有任何人可以改变这个趋势了，这就是说，一旦献公离开人世，接替献公王位的非奚齐不可，没有任何人有能力制止或改变这一切。只要献公在世一天，就无法动摇这一点，献公虽然晚年昏聩，宠爱妖姬佞臣，但是献公是一个铁腕的政治领袖，他无情而有力地领导着这个国家，没有人敢和他直面对抗，不管是骊姬集团还是他里克本人。

真正的决战，将会在献公逝世后，到时，如果他里克能够联合朝中其他忠于晋国江山的仁人志士的话，那还是可以把骊姬集团拉下马的，骊姬集团一垮台，奚齐的国王当然也就当不成了，那么，晋国王权就又可以回归正朔了。

里克有一个强烈的预感，骊姬将要乱晋，而且正在乱晋。

优施是一个卑贱的戏子，但他却是献公的红人，红得发紫，以至于连他这个大将军也对他无可奈何。

而参与乱晋的不仅仅有骊姬姐妹，甚至也不仅仅有优施。

因为某些重量级的晋国大臣，也被骊姬和优施以重金贿赂，参与到祸乱晋国的行列中来了。

里克的第二个政治推断是，骊姬集团迫害王子打击正义大臣的步伐不会停止，还会继续。既然太子已经被他们逼迫而死，他们肯定会大受鼓舞，乘胜追击，把迫害的主要目标从死去的太子身上转向另外两个公子重耳和夷吾身上，因为这两个公子非常贤能，对他们的阴谋始终构成威胁，早就是他们的眼中钉了。

现在，太子这个突破口已经被他们攻破，接下来，没有理由不把两个公子纳入到射程之内。

尤其是长公子重耳，他和太子的品质最为接近，当然，重耳的道德洁癖没有申生那么严重，也不那么迂腐，但是他胸有大志，怀揣着治国的宏伟经略，在晋国的老百姓中有非常高的威望。原来，晋国的人们归附爱戴太子，太子死后，晋国人开始拥戴重耳，重耳在民间于是成为问鼎太子宝座呼声最高的人。这样的人，骊姬一伙肯定要除之而后快。

居于这两个政治推断，里克确定了他今后的政治攻防策略，那就是必须与两个公子，尤其是长公子重耳取得秘密的联系，保护他们的生命安全，必要时哪怕帮他们远避国外也行。只要有这两个贤能的公子在，将来他里克和骊姬决战的时候，也就有大旗可拉了，而且，这两位公子始终是大晋国的王室正朔，扶持他们取代日后可能登位的奚齐，可以更好地维护晋国社稷的纯净血统。

所以，里克认为，帮助这两个公子，既是与骊姬的“倾晋集团”进行生死决战的需要，也是净化纯洁晋国王室血统的需要。不论从斗争策略，还是从更重要的斗争目标来看，他里克都要尽快和两位公子取得联系，甚至结成新的政治联盟。

里克是一个讲究高效的人，也是一个极富行动力的军事领袖，他一旦确定了自己的战略目标和行动策略，就会立刻加以贯彻实施。

他马上派出了他手下的秘密侍卫前往两个公子的封邑进行联络，里克久经沙场，他的反侦查能力很强，没有任何人发现他的秘密集结行动。

14. 拘捕令

天真良善的申生终于死了。

如此，奚齐就能安稳地被立为太子吗?

且慢，还有重耳、夷吾。

要是再接再厉，继续搞死这两位哥哥，奚齐就真成又长又嫡，名正言顺了。

不出里克的预料，骊姬集团果然再次出击了。出击的目标是公子重耳和夷吾，这也没有逃出里克的预估范围。

祭肉事件一下子逼死了太子，这叫骊姬兴奋得忘乎所以。她不甘心这一阴谋事件就此落下帷幕，她希望充分发挥这一阴谋事件的余威，尽力制造扩散效应，目的就是为了把另外两个公子也一网打尽。

只有另外两个公子也被击溃，奚齐才能登上太子的宝座和未来的王座，并且在王座上坐得更安稳。

就在太子死后不久，公子重耳和夷吾从自己的封邑前来朝见献公。

他们内心知道太子申生的冤屈，但还不敢直接向他的父亲诉说，因为此刻骊姬阴谋集团的势力异常庞大，他们感到害怕。

但即便他们如此谨小慎微，骊姬和她的阴谋集团还是不肯放过他们。他们打算把祭肉事件打造成一个连环计，把两位公子全部圈死。

不但骊姬有这样的想法，她手下的奴才也无师自通，和主子产生了思维共鸣。其中有一个奴才就主动前来激将主子，他对骊姬说："重耳和夷吾二位公子怨恨您进谗言害死了太子，他们打算向他们的父亲进行告发，对他们的挑衅性进攻，您打算怎么办呢？"

骊姬说，还能怎么办呀？先发制人，告发他们共谋，让大王把他们剁了"凉拌"！

骊姬也是一个非常讲究效率和行动力的人，她说到做到，马上就开始投入行动了。

她又一次在床上，以夜哭的模式向献公展开了游说攻势。

她哭着对献公说："大王，我经过调查，太子申生给祭肉里下毒药这件事，重耳和夷吾是早就知道的呀，他们怎么忍心大王您中毒死去呢？可见，他们在内心也是巴不得杀死大王您呀，现在申生畏罪自杀，可是却还有两个隐蔽的凶手逍遥法外，他们就是太子下毒凶狠的共犯，如今放任他们在外逍遥，他们迟早还要拿起凶器，杀害大王您的呀，臣妾为此寝食难安，时刻为大王你的安危而担忧啊！"

献公又一次发怒了，他心里忿忿不平，奶奶的，怎么老子的儿子个个是谋杀父亲的白眼狼呀，看来是白养活他们了。还是寡人的爱妃可靠呀，幸好有骊姬这样忠诚的伴侣，我才能逃过那些白眼狼孩子们的毒害。

老婆还是骊姬好，儿子还是奚齐好，今后，晋国的江山就应该交给这些对寡人忠心不二的人。

一阵愤怒后，献公又签发了新的拘捕令，命令王宫的侍卫立刻前往缉拿两位公子，如果两位公子敢于拒捕，可以当场格杀。

重耳和夷吾陷入了危险的网罗之中，而面对即将到来的灾难，两位公子还浑然不知。

在关键时刻，大将军里克再次挺身而出。

虽然太子死了，但是里克的影响力并没有丝毫减损，相反，忠于太子的人在精神上几乎全部都投靠了里克，现在里克就是太子余党最高的领袖。

两位公子已经危在旦夕。

必须连夜护送两位公子出城，先到他们的封邑，如果情况进一步恶化，他们就必须流亡国外。只要两位公子能够保全生命，大晋江山的希望就还在。

派谁去呢？上次杜原款为太子申生通风报信，结果丧失了自己宝贵的生命。里克不怕死，可是他现在还不想死，他还有更重大的历史使命没有完成。

在所有的力量之中，只有里克是一股威力无比的正能量，没有完成历史使命的里克是不愿也不会死去的。

里克手下的武功高手很多，他本来可以派他们前去为两位公子通风报信，但是此刻的政治环境非常危急，他已不相信手下的任何人有足够的能力把两位公子带出京城这座巨大的牢笼。

他打算自己亲自冒险，因为如果自己不冒险，别人失败的风险更大，一旦他的手下失手，他里克也就立马完蛋。

这就是说，如果里克本人不冒险，那么，他的危险就会更大。所以，除了亲自出马冒险之外，他已经别无选择。

里克穿上了久违的夜行衣，然后，他将成为一个蒙面的黑衣人。此刻，里克已经不再是一个将军，而是一个游侠。

他很快就跃过了自己的院墙，纵身跳进了茫茫的夜色之中。他这纵身的一跃，就从庙堂之上跳进了莽莽的江湖之中。

里克连夜把献公即将捕拿两位公子的宫廷机密消息传递给了重耳和夷吾，并且亲自把他们护送到了城外。

两位公子顺利地逃回了自己的封邑，他们脱险了，这一切全得归功于那位功勋卓著的里克大将军。

没有任何人发现了里克的行踪。

如果里克被人发现了，里克的生命就要终结了，即使能够逃脱，起码他在晋国的政治生命必然终结无疑。

有一个人或许可以发现里克的踪影，他就是那个高深莫测举止怪异的优施。但很遗憾，他上半夜正陪着献公在杂耍逗乐，下半夜呢，他又陪着骊姬在床上嬉戏玩乐。

15. 流亡

终于，晋国的内战开始了。

已经出手逼死一个亲儿子的晋献公决心一不做二不休，命勃鞮和贾华分别带人去蒲城（今山西石楼县东南）和屈城（今山西吉县东北）抓拿重耳和夷吾。

二十二年，献公以谋反的罪名正式讨伐长公子重耳。

重耳一向对父亲恭敬有礼，面对父亲的讨伐，重耳没有组织任何抵抗。

有人对重耳说：“公子一向谨守礼仪，对上忠心，热爱国家，获得了老百姓的拥戴。如今您的父亲听信骊姬的谗言，前来讨伐于您，您的父亲失去大义在先，公子可以号召蒲邑乃至全体晋国百姓，奋起反抗，打着清君侧的旗号，除灭奸臣逆党。太子获胜，可以善待父亲，尊其为太上王，而您的登基既合乎民意，又尊重了先王，岂非既可名扬天下，又可以挽救晋国的危难吗？”

重耳说：“背叛父亲就是绝对的恶名，与父亲作对，并非重耳所能接受的斗争方式,父亲老了,在世间的日子已经不长了，做儿女的迁就一下自己年老的父亲，岂不是很合乎本分的吗?为什么一要起来和父亲对抗呢？说那么多冠冕堂皇的理由，还不是对父亲实施了谋逆吗？谋逆父亲的事情，重耳坚决不会做，你们不必规劝了。我宁可迁就父亲，甚至背负污名，也不能做出任何忤逆亏欠父亲的事情来。”

重耳的性格真的有点像死去的太子申生,但是,有一点不同，面对父亲的进攻，他没有想到死。面对骊姬的诬蔑和父亲的误解，申生和重耳都选择了“自忍”而不是奋起反抗。但不同的是，申生自忍到了不惜身死的地步，而重耳在选择自忍的同时并没有放弃逃跑的权利。重耳很珍爱道德，但还没有达到讲求“道德洁癖”的痴迷程度。

申生放弃了逃跑的权利，所以，他死了；重耳没有放弃撒丫子的权利，所以，他还活着。

献公的追兵来得很急，重耳逃跑的脚步也很急促。甚至，重耳一度就险些丧失了性命。

追兵中不但有普通的士兵,也有很多大内的武功高手。其中，来自蒲邑在晋国王宫担任宦官的勃鞮也是其中的大内高手之一，他第一个冲上城墙要把重耳逼上绝境。

他一上城墙，就催促重耳赶快自杀，可是，脑袋长在人家重耳的肩上，人家重耳能听你的吗？刀都还没有砍出去，就想要人家重耳的脑袋，你未免也太想“不劳而获”了吧。

他一蹿就蹦上了墙头，杀长公子的心意也太急切了，这家伙就想着立功、领赏、升官。后来，重耳登上了国君的宝座，这家伙又来拍重耳的马屁了，重耳一度想杀了他，但是此人伶牙利嘴，以管仲先杀桓公再辅佐桓公的历史典故为自己成功开脱了罪行。

勃鞮是一个武功高手，重耳当然知道，所以，我们的长公子也不打算恋战，急匆匆地翻越了另外一堵围墙，向城外的开阔地逃去。

那个该死的勃鞮是紧追不舍，也难怪，碰到一条最大的鱼，他能轻易地放过吗？一度这个宦官就差点砍到重耳了。

他没有砍到重耳的肉，但是砍断了重耳的衣服袖子。说重耳险些命丧在这个太监之手，那是不算过分的。

好在重耳麾下贤士云集，一会儿就有好多门客出来护卫主人了，这里面有狐偃咎犯，重耳的母舅，还有赵衰、甲佗、先轸、魏武子等，都是一班猛士。武功高超的还有狐突的另一个儿子狐毛。

更有一个游侠，名叫介子推，他是重耳的随身护卫，他对重耳非常赤胆忠心，是其他任何人所无法比拟的。他的武功也是重耳所有跟随的门客护卫中最高的。他一看到主人遭难，立马从斜刺里杀将了出来。

他挡住了勃鞮的去路，重耳得救了，在其他门客的护卫下，他摆脱了勃鞮的追扰，一路奔逃而去。勃鞮虽然是一个大内高手，但是要分跟谁比，跟介子推这样的猛人相比，勃鞮还是嫩了点，所以，十几个回合下来，勃鞮就被介子推打得大败。

勃鞮落荒而逃，介子推因为担负着护卫重耳的重任，因此也无心恋战，他一转身就朝重耳逃跑的方向追去。

几度辗转，重耳终于逃到了翟国。

重耳的母亲，就是翟族狐氏的女子，所以经过一番流浪之后，长公子重耳终于回到了他姥姥家，在患难中，他去外婆家串门去了。

重耳逃跑了，虽然没有能够致重耳于死命，但是，能够把重耳赶走，始终也是一个大的胜利。

骊姬接下来要对付的敌人就是夷吾了。

但是，夷吾的个性勇猛，而且他也不像他的大哥重耳和三弟申生那样具有忍耐的个性，他虽然还不能被看为一个莽夫，但显然具有更为凶悍的品性，这点，夷吾倒很有点像他的父亲献公。

献公派出他的中央军同时围剿重耳和夷吾，重耳不战而败，而夷吾却进行了非常顽强的抵抗。

就是说，夷吾公然扯旗造反了，他和他的老爸献公卯上了，夷吾的脾气和献公的脾气相仿，他们都暴躁而又同时具有智慧，冲动而又能够适度地克制。这两个人在一起较劲，实在是非常的精彩。

夷吾还真是可以的，献公派出去的晋国中央军久久不能攻下屈邑，献公算是碰到了一个硬钉子。

后来，献公派出去的第一支中央围剿军不但没有攻克屈邑，还被夷吾打了一个快速的防守反击，晋国中央军大败而归。

献公非常郁闷，这一年他再也没有能派出第二支围剿屈邑的军队，夷吾又在这种对峙的情形下逍遥了一年。

经过一番心灵的休整之后，在二十三年的时候，献公又派出了第二支围剿屈邑的中央军，由骁勇善战的贾华将军统帅。这次，夷吾的好运气结束了，他碰到了一个真正的对手，贾华将军的军队击败了他。

打了败仗，夷吾已经别无选择了，只剩下一条生路，那就是像他的大哥那样，撒开脚丫子逃跑。否则，就只能坐以待毙。

夷吾不想坐以待毙，所以，他就抡开脚掌逃了。

他一路狂奔，想逃到翟国去，那里已经有他的哥哥重耳先在那里落脚了。夷吾为什么也要逃到翟国去呢？原因不难找到，因为，翟国不但是重耳的姥姥家，也是他夷吾的姥姥家，夷吾的母亲恰恰就是重耳母亲的妹妹。

有谁规定，只有他重耳可以到姥姥家串门，而不允许他夷吾到姥姥家避难呢？所以，凭着对姥姥的无比热爱，夷吾在第一感觉的催促下，就毫不犹豫地向翟国的边境奔去。

但是在夷吾抡开大脚掌向翟国飞奔的时候，夷吾手下的一个谋士拦住了他的脚步，阻拦他的谋士就是一个名叫翼芮的人。

翼芮对夷吾说："公子，我们万万不可投奔翟国，投奔翟国，翟国与你都有祸了！"夷吾搞不明白，说我去姥姥家躲难，为什么就有祸呢？我大哥重耳早在那待了一年，翟国和他不都还好好的吗？我又不是扫把星，凭什么我一去，那儿就会有灾难呢？"

翼芮说："公子，是这样的，重耳逃到翟国，您的父亲很不高兴，就想向翟国兴兵，但翟国是他岳父的国家，他只是考虑到挞伐翟国在伦理上面临的舆论谴责，故此隐忍罢了。如果您也凑热闹跑到翟国去，您父亲所受到的刺激就会更大，那么他就会甘愿冒着舆论的谴责，而举兵讨伐翟国。翟国是一个小国，哪里敢得罪晋国呢，到时翟国，还有两位公子都将遭遇到空前的灾祸。故此，您不可以再到翟国去。"

夷吾说："你说得非常有道理，但是，我们又应该逃往何处呢？总不该在晋国国内坐以待毙吧？"

翼芮说："我们当然还是要逃的，但是我们要改变逃跑的方向。在下以为，逃往梁国是最合适的。"

夷吾说："请先生陈明，为什么逃往梁国才是上策？"

翼芮说：“公子，梁国靠近秦国，而秦国又十分地强大，晋国和秦国谁也不敢轻易攻打对方，梁国背靠秦国就可以获得秦国的保护，公子如果投奔梁国，自然也就可以获得秦国的保护，获得安全了。而且，一旦您的父亲去世，国内政治重新洗牌，秦国就有能力也愿意出于自己的利益考量，把您护送回国担任国君，这不是两全其美的事情吗？”

夷吾听后，很是满意，称赞道：“先生所言极是，这实在是一个妙招，上上策也，传我的命令，立刻改变行军的方向，向梁国国境进发。”

这样，夷吾在和父亲进行了长达一年多的对抗后，终于逃到了梁国，效法他的大哥重耳做了一个政治流亡分子。

翼芮的大部分预言在若干年后得到了实现，后来，秦穆公果然护送夷吾回到晋国登上了国王的宝座，夷吾就是历史上的晋惠公。

献公果然忌恨翟国收留重耳，他在二十五年的时候，向翟国发起了猛烈的进攻。献公恫吓翟国，说如果乖乖地交出重耳，就可以免予战火的蹂躏，如果继续窝藏重耳，就要踏平翟国。但是，翟国比翼芮想象的更为坚韧，虽然它只是一个实力并不特别强大的小国。

按照翼芮的预测，翟国将会因为晋国的强大而屈膝投降。但是，翟国却没有向晋国的强权低头，它坚决拒绝向晋国投降，也坚决拒绝交出重耳。翟国说，你献公违背伦理道德，向岳父的国家发起侵略战争，逼迫作外公的交出自己的外孙前去送死，你不仁不义要杀死自己贤德的儿子，我们还讲仁义，要坚决保护好我们的好外孙呢？

所以，翟国顽强抵抗，发起了针对晋国的保家卫国的反侵略战争，翟国人说，你诡诸就是一个不孝的女婿，今天我们也要让你诡诸尝尝翟国的厉害，让你这个不孝的家伙也知道你的岳父大人也不是那么好欺负的。

这样，晋国和翟国的战争僵持了很久，献公也没有取得预想中的胜利，而普天下的舆论都在谴责献公的无情和不义，都说你晋国的国王对做儿子的太无情了，对岳父也太无礼了。

尽管春秋是一个不讲道德的战争年代，但道德的遮羞布有时还是会发挥一点作用的。强悍无礼的献公在久攻翟国而不下的情况下，就只好被迫罢兵了。

献公走了，重耳又重获安宁了。翟国之所以敢强力地对抗晋国，除了普通的亲情之外，还在于老阴谋家、重耳的母舅狐偃咎犯，他完全把自己的政治前途压在了外甥重耳的身上，狐偃咎犯的理想似乎不在传承翟国的宗室，而是想担任晋国的上卿，而这一切希望都建立在重耳可以重返晋国担任国君的现实基础上。

16. 献公托孤

那年，奚齐被正式立为晋国世子。

可是，就在这年的秋天，献公突然病了，而且很快病入膏肓。

这一年正好是周襄王元年，也就是齐桓公葵丘之盟的时候。

这一年，太子奚齐年仅十一岁。

根据中国宫廷斗争的历史性规律，我们可以预见，献公马上就要重新排布政治格局了。

眼见晋献公病势日甚一日，骊姬半跪在病榻前，哭泣着说："主上遭逢骨肉之变，逐出公族而立奚齐。一旦驾崩，我是妇人，太子年幼，如果二公子挟外援求入，我母子依靠何人？"

晋献公当然明白骊姬的心思，颤抖着伸出青筋暴突的手，抚弄着骊姬的黑发说："夫人不必担忧，太傅荀息忠贞，没有私心，寡人已有安排。"

也就是说，献公就要开始托孤了，为了他亲爱无比的儿子奚齐能稳稳地坐上国王的宝座。

令献公感到欣慰的是，最聪明的三位公子都被他排除了，太子申生永远地离开了人世，长公子重耳和二公子夷吾也被他赶到了国外。

死人是不会对他的儿子奚齐构成威胁的，重耳和夷吾虽然颇有政治能量，但是，他们离开了晋国，就犹如鱼儿离开了水，失去了政治根基的他们恐怕也难以掀起反叛的大浪。

可是，国内的政治局势依然是危机四伏的。申生虽然死了，重耳和夷吾虽然流亡了，但是，他们的党羽还在。献公作为政治领域里的老江湖，不会不明白这一点。

所以，他在临死前，必须找到一个最忠于自己的大臣，给他足够的政治权威，让他来辅助奚齐统治国家。

他找到了这样一个人，这个人既有丰富的管理国家的经验，又对献公保持了绝对的忠诚，而且在大臣中很有威望，献公认为，这个人是他可以托付可以信赖的人。他就是朝中的名臣荀息。

献公找来了荀息，对他说："先生，我准备立奚齐为我的接班人，可是他年纪还小，还是个小孩子，我恐怕在我死后，会有大臣们不服从他的统治，发起内乱来推翻他，先生你能拥立他，帮助他维持国家的纲纪吗？"

荀息对献公说："感谢主上您对微臣的信任，我能够担当主上您交付给我的重托，一定辅助好奚齐，治理好大晋的天下。

献公说："虽然说我很信任先生您的忠心与能力，但是此事关系到我儿奚齐的前途和晋国的命运，我不得不再三斟酌考察，先生您可以用什么来证明您对我许下的诺言是可靠的呢？"

荀息护卫幼主的决心很强大，他对献公说：“我一定会竭尽全力来捍卫奚齐的君主地位，帮助他震慑群臣，扶持他治理好晋国的天下，以报效主上您对我荀息的信任和厚望。”

又加重了语气对献公说：“即使主上您死而复生，活着的我面对着您也不会感到惭愧，就拿我今天对您说的这句话来证明您所托不假吧。”

荀息有能力、有忠心，还有决心。献公放心了，他就任命荀息担任晋国的丞相，主持国家的政治。

事实上，荀息不但是晋国的丞相，还是晋国未来的摄政王。

献公二十六年秋天的九月，晋国的一代雄主晋献公走完了他人生的最后岁月。

晋国丞相荀息奉献公的遗诏主持了晋国的政治，骊姬的儿子被荀息扶上了晋国国君的宝座。

但是，三个公子遗留下来的党羽，还有战功赫赫威震朝野的里克大将军并不会甘心这样的政治格局持久延续下去。里克将军等待这一天的到来已经很久了，他现在要做的就是时刻准备着待势而发。

一场异常激烈的宫廷决斗正在拉开序幕，里克已经拿起了他的利剑，他在时刻准备着，准备着光复他心目中的晋国社稷。荀息也是如此，他也要捍卫他的晋国幼君奚齐。

这两个人都不是在为自己的私利而战，他们都在为自己的理念而战。

荀息忠实于晋国的现在，而里克则忠实于晋国的将来。

17. 葬礼上的刺客

献公虽然死了，但他还没有埋葬。

根据荀息发布的命令，晋国全体国民将为献公举哀，全国的哀悼期为三个月，以纪念这位晋国的君主对强大晋国所做出的丰功伟绩。

所以，这三个月，晋国的大臣都在晋国朝堂的外殿为已过世的献公举哀。

里克本来也应该出现在这个庄严肃穆的场合，因为他不仅是晋国的大臣，还是晋国重要无比的大臣。

但是，里克被排斥在了这个庄严的场所之外，因为里克已经被褫夺了大将军的称号，他已经丧失了在这里为已逝君王举哀的资格。

就是他想强行跑来，也没有办法，因为他的人身已经被荀息以国家政权的名义禁锢了。

所有，没有任何人会认为里克会出现在这个他不应该出现的地方，如果有人这样认为，那么，他的脑袋一定是出了毛病。包括那些暗地里亲近里克的大臣也绝不敢有这种想法。

所有的人都放弃了任何的非分之想，既然献公任命荀息就是为了震慑大臣，既然连里克大将军这样的牛人猛人也被丞相荀息给震慑住了，其他小人物还能有什么打算呢？

只能听荀息的话，好好忠于小国王奚齐，好好地为朝廷卖命，如果这时候，谁还敢跳出来，脑袋就会被摘下来别在别人的裤腰带上，那可不是一件什么好事。

所有的大臣，都安心地在朝廷的外殿上为献公守丧，为了表示他们对先王和小国王的忠诚，他们彻夜在那里举哀。

献公临终前亲自指定的接班人奚齐和作为顾命大臣的丞相荀息当然也彻夜驻守在了守丧的现场。

又是一个深夜，守丧的人群都已经在临时搭建的帐篷里沉沉睡去。

但是，作为名义上的献公儿子的新国王奚齐和作为顾命大臣的荀息都没有睡去，毕竟，他们都是献公最亲密的人，所以，他们守丧的热忱显然要比其他的大臣们高出许多。权利和义务有时还是对称的，当然有时也不。

已经是凌晨四点了，虽然不是夜黑风高，但是秋风飒爽还是真的。

这是一个适于煮酒对谈的夜晚，并不是一个适合杀人的夜晚。

但是，刺客只以杀人为目标，不管这天的氛围是否适合杀人。所以，千万别以为只有在没有月亮的晚上才会有江湖的杀手在疾风中跃动。事实上，在月亮高挂云端清风送爽的美好夜晚，刺客们也不会停止他们奔跑的脚步。刺客只管杀人，并不愿理睬什么劳什子月亮。

当然，人们总是在月儿高挂的晚上放松任何的警惕，尤其是在疲惫的凌晨四点钟的时候，在这个时候杀人的成功率当然也是最高的。

这时，不但奚齐疲惫了，奚齐的政治监护人荀息也劳累了，甚至，守卫在他们旁边的宫廷侍卫也露出了倦意。

这一段时间，人们彻夜守丧的时间实在是太久了。

但有人却并不是这样，他们是睡好吃好精神好，他们一旦从深藏的政治洞穴中爬出来，另外一些人的不安宁就在所难免了。

很遗憾，奚齐就是他们要使之不安宁的首要人选。不安宁的极致就是永远的安宁，就是可怕的死，现在就有人要让奚齐去死。

但是，奚齐并没有想到自己马上就要死，不但是他，丞相荀息和旁边的卫士也没有想到，甚至连骊姬和优施也没有想到。

死神寻找奚齐实在太迅速太急迫也太突然了。

虽然奚齐没有料到，但是，死亡确实像一条隐秘的剧毒小蛇一样紧随着奚齐而来。

公鸡叫了，它以洪亮的啼声迎来又一个黎明，但新的黎明已经不属于奚齐，因为，他将在黑夜和黎明的间隙中无奈地死去。

一个黑影正向奚齐守丧的现场接近，开始，他的速度很慢，慢慢地，他的速度加快了，最后他像一阵风一样腾空而行。

他的动作矫健，甚至可以说非常雄伟，他在空中跃动的身影如同一只展翅的大鹏，皎洁的月光在地面上把他的身体照出了一个巨大的黑影。

大鹏展翅，苍鹰捕食，地上的小鸡小鸟将成为他嘴中的美食。奚齐就是这样一只可怜的小鸟，翅膀刚刚能扑腾几下，就被头顶的凶狠大鸟给叼走了给吞噬了。

刺客向下俯冲，直接从奚齐的头顶一掠而过。

他的速度真是太快了，他冲下来的时候快得像一阵风，他一掠而去的速度也快得像一阵风。刹那间，他已经消失得毫无踪影，天空中没有他的身形，地面上也没有了他的黑影。

但有一样东西却永远地消失了，那就是新国王奚齐的脑袋。

发誓让奚齐不得安宁的人终于让奚齐不得安宁了，奚齐死了，然后他就永远地安宁了。

这一切来得比闪电还快，人的意念有多快，刺客的速度就有多快。

没有任何人看清了刺客的面目，因为他们还没看到杀手的面庞的时候，杀手已经一掠而去了。人们所看到的刺客的面目，只是一团毫无实质意义的黑影。

黑影杀死了奚齐，刺客就是那一团黑影。

丞相荀息也懵了，他几乎丧失了任何反应和知觉，他此刻麻木得像一具行尸走肉，甚至连痛哭的本能都惊人地忘却了。此刻，荀息只看到献公的眼睛从高天之上逼视着他，像一道道利剑一样直剜他的眼眶，他的眼睛一黑，一股淤血涌上心头，直接昏死了过去。

荀息在昏死前的那一刻，已经知道了谁是真正的凶手，虽然，他也像其他人一样，只看到一团模糊的黑影而没有看清刺客的任何面目。

守丧的现场一片混乱，随后，又回复了平静。

这真是晋国的一场国难，老国王还没有埋葬，又增加了新国王的尸体。

莫非老天真的要灭亡晋国吗？或者，大难之后，晋国将迎来一场新的变革和转机吗？

荀息明白，刺客就是里克。

两千六百多年前，我们的晋国大将军里克就提前打了一场雄伟的地道战。

那么，里克是从什么时候，修建了这么一条神奇的密道呢？

答案是五年之前。当太子申生被骊姬逼死以后，当献公在骊姬的唆使之下杀死了太子的另一位老师杜原款之后，里克就深深感到了生存的危机。既然献公可以杀死太子的另一位老师，也就可以杀死作为太子老师的自己。即使献公不杀死他，将来的骊姬和优施也要来铲除他。

既然与骊姬和优施的决战在所难免，那么，未雨绸缪修建一条从府邸通往外部世界的密道总是大有裨益的吧。果然，这条密道在关键的时刻发挥了关键的作用。

密道拯救了里克，甚至也拯救了里克意念中的晋国正统江山。

18. 机关算尽

太子奚齐死了。

优施在旁拔剑相助，也被杀死。这样一来，秩序大乱，葬礼再也进行不下去了。

荀息闻讯，匆忙抢入灵堂，抱着奚齐尚有余温的身体大哭道："臣受命托孤，理当不离太子左右，严加防范才是。

如今太子遇刺，完全是臣的过失啊！”

说罢，便欲以头触柱。

骊姬见状，红肿着眼睛奔过来劝阻，说：“主上尸骨未寒，大人怎不让他安宁？奚齐虽死，卓子尚在，仍是主上骨肉。望大人节哀顺变，悉心辅佐卓子，以慰主上在天之灵。”

荀息觉得有理，决定依令行事。

葬礼结束后，荀息又拥立九岁的卓子为国君，居朝堂行事。

不久，里克再一次发动政变。他聚起家甲，暗中联络丕郑、雅遄等大夫，攻入朝堂。

里克党卫军随即杀入宫中，只见荀息怀抱卓子，用衣袖遮掩。

荀大人大义凛然地对里克说：“你可以杀了老夫，但是一定留孩子的一条命。孩子有什么错？他什么都不懂！请给先君留块骨肉吧！”

里克冷酷到底，反问荀息：“难道申生就不是先君的骨肉吗？！”说罢招呼屠岸夷动手。屠岸夷一把夺过九岁的卓子，使劲扔下台阶去，登时变成肉饼一团，血浆四溢。

荀息大怒，拔剑做最后的反抗，又被屠岸夷反手一刀，结果了性命。

东关五、梁五二人也死于混乱之中。

后宫骊姬得知朝廷大乱，知道死期将至，只好投水自尽。

这一切变故，只一天工夫。

从骊姬来到晋国，来到晋献公身边，前后整整二十几年之多。这一段时间，历史上有一个定论，叫“骊姬乱晋”。

结局，依然仿佛很突然。

也许，一切早已经注定。

最后，送给骊姬一句话：机关算尽太聪明，反误了卿卿性命。

19. 重耳复国

大夫里克等接连杀死继位者奚齐、卓子，派人迎接公子重耳回国为君。

可是，重耳谢绝了。

于是，又派人迎公子夷吾，夷吾当即就要启程归国，可是，跟随他流亡的人觉得此事可疑，因为国内还有献公的儿子可以立为国君，反而来迎接流亡的公子，说不定其中有什么阴谋。

于是派人到秦国，请秦穆公发兵护送夷吾回国即位，许在事成之后，把晋国黄河以西之地割让给秦国。又派人给里克送信许愿，说只要回国做了国君，就把汾阳之邑封给里克。

周襄王三年（前651年），秦穆公发兵送夷吾回国，立为国君，是为晋惠公元年。

惠公即位以后，却背信弃义，首先做了两件事。

一件事是背弃割地给秦的许诺，派人到秦国致歉，说：“始夷吾以河西地许君，今幸得入立。大臣曰：‘地者先君之地，君亡在外，何以得擅许秦者？’寡人争之弗能得，故谢秦。”婉转地表达了不能割地给秦的意思。

第二件事是除掉里克、丕郑等原来杀死奚齐另立国君的人。

当然，最先对付的还是里克，不但不封给他原来许诺的汾阳之邑，而且把他手中的权也夺了。过后还不放心，恐里克故伎重演，迎立依然流亡在外的公子重耳，就下令让里克自杀。

惠公对里克说，如果没有里克，他当不了国君；但是，里克杀过奚齐，有这样的人为臣，国君就没法当。

里克绝望地说：“不有所废，君何以兴？欲诛之，其无辞乎？乃言为此！臣闻命矣。”

还能说什么呢。最后，劳苦功高的大将军里克伏剑而死。

除掉里克以后，惠公害怕他的同党兴风作浪，又寻机将那些当初与里克同谋的人一齐杀死。

做完这两件事，惠公解除了他的内忧外患，可是国内人心已经离散。

惠公四年，晋国发生饥荒，请求秦国卖给一些粮食。秦穆公听从了百里奚的建设，暂不计较晋惠公悔约的前嫌，派了大量的船只运载粮食，由秦都雍（今陕西凤翔南）至晋都绛，沿渭河入黄河转汾河再转浍河，运粮的船络绎不绝，称之为“泛舟之役”。

第二年，秦国发生灾荒，也请求晋国交给一些粮食。晋惠公与大臣商议此事，韩简等认为应该答允，秦国能不念前嫌给晋国运粮救灾，晋国理应回报。但吕省、虢射认为，没有割地给秦国，两家已成仇敌，现在给秦国救灾，无疑是给敌人助长力量，这事不能答应。惠公采纳了后一种意见，没有给秦国运粮。

晋惠公六年，秦国度过灾荒，秦穆公率兵大举伐晋。晋惠公整军抵御，因他的所作所为不合情理，不得人心，君臣不和，士气不振。两军战于韩原（旧说在今陕西韩城西南，清人考证在今山西河津与万荣之间），晋军大败，惠公被俘。秦穆公对晋惠公的怨恨难以平息，预备把他杀了祭祀。多亏穆公夫人是晋惠公之姊，以自焚要挟穆公，才劝阻了此举。晋惠公在秦国当俘虏期间，秦晋两国订立盟约，然后被礼送回晋，继续为君，直至逝世。

晋惠公夷吾做的第三件事是，恐国人依附重耳，欲先杀之而后快，便派遣刺客去刺杀重耳。

于是，公子重耳再度逃亡。

公元前 636 年，在外漂泊 19 年后终于复国做晋国国君，是为晋文公。

晋文公在位仅九年，却能够选贤任能，励精图治，成为春秋时代第一强国的缔造者，是“春秋五霸”之中第一个称霸的，开创了晋国长达一个多世纪的中原霸权。

20. 题外话

重耳得以复国之前，为了躲避祸害，不得不流亡出走。在流亡期间，重耳受尽了屈辱。原来跟着他一道出奔的臣子，大多陆陆续续地各奔出路去了。只剩下少数几个忠心耿耿的人，一直追随着他。

其中一人叫介子推，有一次，重耳饿晕了过去。介子推为了救重耳，从自己腿上割下了一块肉，用火烤熟了就送给重耳吃。

这就是历史上有名的“割股奉君”。重耳知道后大受感动，声称有朝一日做了君王，要好好报答介子推。

晋文公执政后，对那些和他同甘共苦的臣子大加封赏，唯独忘了介子推，有人在晋文公面前为介子推叫屈。

晋文公猛然忆起旧事，心中有愧，马上差人去请介子推上朝受赏封官。差人去了几趟，介子推不来，晋文公只好亲自去请。

可是，当晋文公来到介子推家时，只见大门紧闭。介子推不愿见他，已经背着老母躲进了绵山（今山西介休县东南）。晋文公便让他的御林军上绵山搜索，没有找到。

于是，有人出了个主意说，不如放火烧山，三面点火，留下一方，大火起时介子推会自己走出来的。

晋文公下令举火烧山，大火烧了三天三夜，大火熄灭后，终究不见介子推出来。上山一看，介子推母子俩抱着一棵烧焦的大柳树已经死了。

晋文公望着介子推的尸体哭拜一阵，然后安葬遗体，发现介子推脊梁堵着个柳树树洞，洞里好象有什么东西。掏出一看，原来是片衣襟，上面题了一首血诗：

割肉奉君尽丹心，但愿主公常清明。
柳下作鬼终不见，强似伴君作谏臣。
倘若主公心有我，忆我之时常自省。
臣在九泉心无愧，勤政清明复清明。

晋文公将血书藏入袖中，然后把介子推和他的母亲分别安葬在那棵烧焦的大柳树下。为了纪念介子推，晋文公下令把绵山改为“介山”，在山上建立祠堂，并把放火烧山的这一天定为寒食节，晓谕全国，每年这天禁忌烟火，只吃寒食。

与此相关，从此也有了我们今天每年一度的“清明节”。

走时，他伐了一段烧焦的柳木，到宫中做了双木屐，每天望着它叹道：“悲哉足下。”

后记

暴戾无常的昏君，迷人贪心的宠妃，奸诈求荣的佞臣。

写了这么多,无论是重复历史的虚构,还是曾经真实的历史，那些岁月太过于遥远，那些岁月里的人和事，真相早已经湮没。

但当历史的烟尘消弭殆尽，留下来的，不仅仅是那些故事里的是是非非，还应该有我们关于那些是是非非的思考、判断以及感悟。

本书中所叙述的四位美人的故事，无论是否还原了她们本来的样子，那些遥远的人和事，我们应该再认识和判别，而不是随心任意的否定与指责。

那些曾经鲜活真实的过去，如果能够让我们有所思考和理解，让我们思考的方式有所改变，我们理解的深度不再浅尝辄止或人云亦云，也许就足够了。

当我们说起那些王朝时，总是绕不过那些美丽的身影。

故事结束了，曲折也好，离奇也罢，那些留在我们内心深处的——意犹未尽，一声叹息！

斯人已逝，终成回忆，一切，如此而已！